Destinados a amar

Cathy Williams

Bianca™

HARLEQUIN™

Editado por HARLEQUIN IBÉRICA, S.A.
Hermosilla, 21
28001 Madrid

I.S.B.N.: 978-84-671-6105-2
Depósito legal: B-5571-2008
Editor responsable: Luis Pugni
Preimpresión y fotomecánica: M.T. Color & Diseño, S.L.
C/. Colquide, 6 portal 2 - 3º H. 28230 Las Rozas (Madrid)
Impresión y encuadernación: LITOGRAFÍA ROSÉS, S.A.
C/. Energía, 11. 08850 Gavá (Barcelona)
Fecha impresion para Argentina: 29.9.08
Distribuidor exclusivo para España: LOGISTA
Distribuidor para México: CODIPLYRSA
Distribuidores para Argentina: interior, BERTRAN, S.A.C. Vélez
Sársfield, 1950. Cap. Fed./ Buenos Aires y Gran Buenos Aires,
VACCARO SÁNCHEZ y Cía, S.A.
Distribuidor para Chile: DISTRIBUIDORA ALFA, S.A.

Capítulo 1

EN AQUEL preciso momento, la vida parecía sonreírle a Riccardo di Napoli. Aunque él era consciente, por supuesto, de que aquella sensación no podía durar. Sólo tenía veintiséis años, pero sabía que la desilusión era una sombra agazapada en cualquier esquina. Sin embargo, en aquel preciso instante...

Tenía la sensación de estar plenamente satisfecho de su vida.

Hijo único de una pareja cuyo apellido en Italia era sinónimo de riqueza, desde el día de su nacimiento, y seguramente desde el día de su concepción, se había visto rodeado por todo lo que el dinero podía comprar.

Había sido un niño muy querido por sus padres, que lo criaron para que un día heredase el negocio familiar. Pero él era inteligente y, para profunda y eterna aprobación de su padre, se negó a aceptar sus derechos sin ganárselos a pulso.

Y para ello se había pasado los últimos ocho años añadiendo credenciales a su título universitario; primero en la Universidad de Oxford, después en la de Harvard. Y luego trabajó en Londres, algo que le resultó muy satisfactorio.

Allí había empezado a entender lo que era el poder. Allí había notado la admiración que otros hombres de negocios, de más edad, sentían por él. Había presenciado cómo afilaban los cuchillos a su espalda, había disfrutado de la experiencia de ganar dinero... y le había gustado.

Y allí estaba, preparado para la emocionante carrera que tenía por delante. Aquel pequeño descanso en Toscana, estudiando una parte del negocio familiar que hasta aquel momento había dado de lado, estaba siendo tan educativo como entretenido.

Siempre le había gustado el vino, pero era mucho más interesante observar el proceso de producción en un viñedo.

Aunque él no se involucraba en el proceso, claro. Lo suyo era el área económica. Aun así, no había esperado que aquella pequeña interrupción en su predestinado y rápido ascenso a las altas esferas diera fruto tan rápidamente.

Y tampoco había esperado encontrar a alguien tan agradable como la chica que estaba tumbada a su lado, disfrutando como él de la brisa nocturna.

Estaba demasiado oscuro para ver su cara, pero no tenía necesidad de verla. Había pasado las últimas siete semanas en su compañía y el cuerpo y el rostro de Charlie estaban impresos en su mente. Habría sido capaz de trazar cada contorno de su fabuloso cuerpo con los ojos cerrados.

Oh, sí, la vida era fabulosa.

Como si hubiera leído sus pensamientos, Charlie se apoyó en un codo y, alargando la mano, enredó los dedos en su pelo oscuro, más largo que el de los chicos que conocía en Inglaterra, con sus cortes de pelo uniformes y su comportamiento infantil.

–Ojalá no tuvieras que irte mañana –murmuró–. Esto se va a quedar tan solitario sin ti...

Riccardo le dio un beso en la muñeca. Y ese simple gesto le hizo sentir un escalofrío. Acababan de hacer el amor, allí, en medio del campo, en medio de la noche, sólo con una manta separándolos de la húmeda hierba.

–Eres insaciable –murmuró él, metiendo la mano bajo la camiseta para acariciar sus pechos. Charlie dejó escapar un suave gemido de placer y Riccardo levantó la prenda. La luz de la luna mostraba sus pechos en toda su gloria. Sí, era un poco delgada y apenas tenía caderas pero sus pechos eran pechos de mujer. Llenos, redondos, con unos pezones rosados que parecían hechos para ser besados y acariciados.

Y eso fue lo que Riccardo procedió a hacer en aquel preciso instante.

Charlie dejó escapar un gemido de protesta, pero él no hizo caso. En realidad, apenas lo había oído. La excitación era tal que parecía encerrado en un capullo de sensaciones que lo separaban de todo lo demás. El roce del pezón en su lengua, la suave piel de sus muslos al levantarle la falda, la humedad entre sus piernas cuando se abrieron para acomodar su mano impaciente...

Mientras besaba sus pechos, chupando los pezones por turnos, su propio cuerpo llegaba a un grado de excitación que no había conocido nunca.

–Riccardo, para... –le suplicó ella, sin hacer esfuerzo alguno por apartarse–. Si no paras, yo tampoco podré...

Pero en lugar de pararse, se colocó encima de él, sus movimientos frenéticos. Sin decir nada, lo introdujo en ella y echó la cabeza hacia atrás, los ojos cerrados, sus pechos balanceándose hasta que Riccardo dejó escapar un gemido ronco de placer, un gemido que desató su propio frenesí.

Charlie se echó hacia delante, agotada, disfrutando del roce de las manos masculinas, de las sacudidas de su cuerpo.

–¿Te he dicho alguna vez que tienes unos pechos preciosos? –preguntó Riccardo, sin aliento.

–Sí, creo que sí. Pero puedes decírmelo todas las veces que quieras –sonrió ella, besando su barbilla. Ninguno de los chicos de la universidad tenía una barba tan dura, tan masculina.

En realidad, desde que conoció a Riccardo había colocado a todos sus amigos en la categoría de «jóvenes e inmaduros».

Pero claro, debían serlo porque sólo tenían dieciocho años. La misma edad que ella. Aunque Riccardo no sabía eso...

Charlie decidió olvidar el espinoso tema y concentrarse en averiguar qué sentía Riccardo di Napoli por ella.

–¿Vas a echarme de menos?

Con sus pechos aplastados sobre su torso y los ojos medio cerrados, a Riccardo no le costó mucho decirle que sí.

–Pero tres días no es toda una vida –sonrió, apartando el pelo de su cara.

–No es toda una vida, pero es mucho tiempo.

Llevamos varias semanas juntos y me va a resultar raro no verte en el viñedo.

En *mi viñedo*, pensó Riccardo, orgulloso. Aunque eso Charlie no lo sabía. Para ella no era más que un chico que trabajaba allí haciendo un poco de todo.

Y así era como tenía que ser. Riccardo sabía que había muchas buscavidas a la caza de un hombre rico y era estupendo poder estar con una mujer sin tener sospechas.

—Así podrás salir con tus amigos.

—Sí, claro. Son sólo unos días —suspiró Charlie, apartándose un poco para ponerse la camiseta.

—No, todavía no. Me gusta verte desnuda.

—La pena es que tengamos que hacerlo siempre en el campo —suspiró ella—. Mira que le he dicho veces a Jayne y a Simone que podrían irse a pasar la noche a algún sitio, pero...

—¿Y adónde van a ir?

—No lo sé —rió Charlie—. Adonde va la gente que quiere dejar en paz a sus amigas.

—Ah, ese sitio misterioso... supongo que si supieran dónde está se habrían ido voluntariamente —bromeó Riccardo, poniéndose las manos en la nuca para admirarla a placer. El sol había bronceado su cuerpo dándole un tono dorado, en contraste con su pelo, largo y muy rubio, y sus ojos azules.

Pensó entonces, y no por primera vez, que no parecía tener veinticuatro años. Pero seguramente era debido a que no llevaba maquillaje.

—Además, yo no voy a estar aquí mucho tiempo —siguió Charlie—. Tengo que volver a Inglaterra.

—Sí. Y eso será muy emocionante para ti. Un trabajo nuevo, gente nueva...

—Sí, bueno... —murmuró ella, incómoda, pensando en la vida universitaria que la esperaba. Dos meses antes estaba deseándolo. Ahora temía el final del verano—. Y tú también te irás. ¿Sabes que nunca me has dicho adónde piensas ir, por cierto?

Ella le había contado prácticamente todo sobre su vida. Que su padre había muerto cuando tenía seis años, que su madre había trabajado dieciocho horas al día para que a sus dos hijas no les faltara de nada... que, después, su pobre madre murió, víctima de un accidente de coche, que su hermana ahora vivía en Australia y estaba felizmente casada y tenía un niño al que Charlie sólo había visto en fotografías...

Bueno, le había contado también alguna mentira. Como, por ejemplo, que tenía veinticuatro años. Pero el instinto le decía que Riccardo no habría estado con ella de haber sabido que era prácticamente una adolescente. Y, al final, esas mentiras estaban justificadas porque eran muy felices el uno con el otro.

–¿Quién sabe? –suspiró Riccardo–. La vida de un aventurero como yo...

–¿Y qué piensas hacer cuando dejes de ir por ahí de un lado a otro?

–Sentar la cabeza, casarme, tener seis hijos...

Charlie soltó una carcajada, pero sintió un escalofrío de emoción al pensar en sus hijos, de pelo oscuro y piel morena como él.

–No lo dices en serio.

–No, es verdad. Por el momento no tengo intención de casarme. Aún tengo que vivir mucho. Bueno, ¿nos damos un baño o no?

–No sé si me apetece –contestó Charlie, estirándose–. Además, no me gusta usar la piscina de Fabio. Sé que Anna y él han salido, pero no creo que les guste que los empleados usen su piscina.

Charlie no quería estropear la estupenda relación que tenía con sus jefes aprovechándose de su ausencia, pero Riccardo no estaba de acuerdo. La juventud, la arrogancia y cierto deseo de impresionar a aquella chica lo empujaban a probarlo todo. El chico que había madurado antes de tiempo en el mundo de las finanzas era ahora mismo sólo un joven dispuesto a disfrutar de todo.

–O vamos a la piscina o entramos en la casa para usar la ducha...

–¡Ni lo menciones! –rió Charlie.

–Pero ya estamos aquí, ¿no? En su jardín –insistió Riccardo. «En un jardín de mi propiedad», debería decir–. ¿Cuál es la diferencia?

Antes de que ella pudiera decir nada hizo un bulto con su ropa y la levantó todo lo que pudo para que Charlie no pudiera quitársela.

–Sí, bueno. Podríamos ir a tu casa, pero tendríamos que hacerlo desnudos...

–¡No te atreverías!

–No retes nunca a un hombre como yo –sonrió Riccardo.

La piscina estaba sólo a unos minutos a través del viñedo. Y, una vez en el agua, Charlie tuvo que admitir que aquello era una maravilla. Resultaba muy divertido tocarlo bajo el agua, dejar que él la tocase...

¿Y cómo podía resistirse cuando Riccardo la sentó en el borde, con las piernas abiertas, para acariciarla con la lengua? ¿Cómo iba a resistirse a algo que le gustaba tanto?

Aquello era lo que le había hecho Riccardo di Napoli: convertir a una adolescente normal en una mujer deseosa de probarlo todo. Un nuevo mundo de experiencias se había abierto y ella las había aprovechado como si fuera una esponja... enamorándose de él en el proceso.

Llegó al orgasmo dejando escapar un grito, asombrada de que su cuerpo respondiera con tan involuntaria urgencia. Luego se quedó sentada allí un momento, observándolo nadar como un pez de un lado a otro.

Poco después, Riccardo saltó al borde de la piscina. Se sentía cómodo desnudo. No parecía importarle en absoluto que lo mirase. Tampoco a ella le importaba ahora, pero al principio se tapaba con las manos... Al principio era una niña y se había apartado de aquel hombre tan increíblemente masculino, fascinada y asustada al mismo tiempo.

Observándolo ahora se preguntó cómo reaccionaría si supiera que antes de conocerlo era virgen.

Se mostraría horrorizado, quizá. Porque, desde luego, él sí tenía experiencia. A los hombres experimentados les gustaban las mujeres experimentadas y, además, supuestamente ella tenía veinticuatro años. ¿Cuántas mujeres de veinticuatro años eran vírgenes en nuestros días?

–¿Vamos a tomar algo a Lucca? –le preguntó, pasando los dedos por su pelo–. Si no vamos ahora será mejor que nos vayamos a casa porque mañana tengo que levantarme muy temprano.

Eso hizo que ella se levantara de un salto.

Riccardo, afortunadamente, tenía coche. Un viejo cacharro que, según él, había comprado por muy poco dinero. En general, se movían en bicicleta por el viñedo, pero Riccardo usaría el coche para visitar a su madre al día siguiente.

Charlie lo miró, sonriendo. Un hombre con una mano en el volante y la otra por fuera de la ventanilla, la brisa moviendo su pelo oscuro, su clásico perfil muy serio. Conducía como un italiano, como si fuera el dueño de la carretera.

Poco después llegaron a Lucca, un pueblo rodeado por antiguas murallas de piedra que siempre hacían suspirar a Charlie de admiración.

Después de aparcar entraron en su café favorito, pero estaba lleno de gente. Riccardo le pasó un brazo por los hombros y la apretó contra su costado, sorprendido al pensar que, de hecho, iba a echarla de menos esos días. Y no sólo su cuerpo. Echaría de menos su risa, su conversación. Charlie era completamente diferente a las mujeres con las que solía salir.

–Deberíamos comer algo antes.

–Muy bien. ¿Vamos al sitio de siempre? –preguntó Charlie, a quien nunca le sobraba el dinero.

–No, vamos a algún sitio mejor.

–Yo no puedo ir a restaurantes caros, Riccardo, ya lo sabes.

–Sí, sí –dijo él, impaciente–. Estás ahorrando para pagar la entrada de una casa.

Como lo único cierto de aquella frase era «estás ahorrando», Charlie decidió cambiar de conversación.

–¿Y tú? Tú también tienes que ahorrar si piensas seguir viajando por todo el mundo.

Habían llegado a un restaurante con terraza de aspecto caro. Los manteles blancos y los jarroncitos con flores dejaban claro que su cuenta corriente se llevaría un buen golpe si cenaban allí.

–No, aquí no.

–No seas cabezota...

–No voy vestida para entrar en este sitio –insistió Charlie–. ¡Y tú tampoco!

Una vida llena de privilegios había hecho que Riccardo no se preocupase por lo que pensaran los demás, de modo que se encogió de hombros.

–¿Qué importa eso?

–¡Claro que importa! De verdad, a veces me sacas de quicio...

–¿Eso significa que no me echarás de menos? –bromeó Riccardo.

–¡No cambies de tema!

–Cuando te enfadas te pones muy guapa –rió él–. Además, no importa la ropa que llevemos. Al propietario del restaurante, desde luego, le da igual. Hay mucha competencia, así que aceptan a todos los clientes.

–Pero...

–Venga –insistió él, tomándola del brazo–. Invito yo.

Luego hablo rápidamente en italiano con uno de los camareros, tan rápido que Charlie no pudo hacer la traducción, y debió de decir algo divertido porque el hombre sonrió.

Era la primera vez que Charlie cenaba en un restaurante elegante desde que llegó a Italia. En realidad, nunca había tenido dinero. Y nunca le había importado demasiado.

Cuando Riccardo pidió una botella de vino, ella lo miró, sorprendida.

Supuestamente, Riccardo debía conservar

su dinero para seguir yendo de un sitio a otro en su «vida de vagabundo». Pero, por alguna razón, quería gastar dinero con ella. Quizá porque, al final, sentía el humano deseo de presumir. «Qué extraño», pensó.

–Cuando no tengas dinero para comprar un billete de tren...

–No creo que eso vaya a pasarme –la interrumpió él.

–¿Por qué?

–Porque... siempre tengo algo guardado. Por si acaso.

–Pero no sabes si vas a tener trabajo...

–Es fácil encontrar trabajo. Dios ayuda a los que se ayudan a sí mismos –sonrió Riccardo, chasqueando los dedos para llamar al camarero.

¿De dónde había salido ese gesto?, se preguntó Charlie.

–¿Y en qué sentido quieres que Dios te ayude? –le preguntó.

–Pues no sé... quiero lo mismo que todo el mundo: una casa grande con jardín, una flota de coches...

–No lo dices en serio, ¿verdad?

–¿Por qué no? –Riccardo se encogió de hombros–. Eso es lo que quiere todo el mundo, lo admitan o no.

–Yo no lo creo.

–¿Tú no quieres todo lo que el dinero pueda ofrecerte?

–No hace falta dinero para disfrutar de la vida.

Charlie nunca había sido tan feliz como durante aquellas semanas en Italia y el dinero no había tenido nada que ver. ¿Desde cuando podía el dinero comprar la felicidad en las colinas de Toscana, teniendo a tu lado a un hombre del que estabas enamorada?

–Pero te permite comer... así.

Justo en ese momento, el camarero les llevó una bandeja de langostinos con una salsa de aceite de oliva y ajo.

–Hablas como si tuvieras una fortuna –rió Charlie.

–Y tú, *cara*, hablas como una idealista que no conoce la realidad de la vida.

Lo cual le recordó abruptamente que Riccardo tenía razón. Tenía que cuidar lo que decía porque una mujer de veinticuatro años sabía más de la vida que ella. Y estaría deseando tener un buen trabajo para disfrutar de todo lo que se pudiese comprar con dinero. Una bonita casa, un buen coche y luego otra casa en el campo en cuanto hubiera encontrado un trabajo...

Charlie hizo una mueca. Cuántas mentiras.

–Estoy intentando no perder a la niña que hay en mí.

–Y me parece muy bien. Además, aún tienes mucho tiempo para pensar en esas cosas.

–Bueno, tú tampoco eres un viejo precisamente –sonrió Charlie–. Ya tendrás tiempo de ganar dinero.

«Si tú supieras», pensó Riccardo.

–Eres un espíritu libre. Me resulta difícil imaginarte detrás de un escritorio, en un despacho con el teléfono sonando y el jefe llamándote para pedirte un informe.

Riccardo soltó una carcajada.

–A lo mejor acabo siendo yo el jefe que pide los informes.

–Oh, no, por favor. No acabes siendo eso. Prométemelo.

–Muy bien, te lo prometo. Bueno, vamos a disfrutar de la cena. La última antes de que vaya a visitar a mi madre.

Riccardo le había contado muy poco sobre su vida. Sí, sabía algo sobre sus ideas políticas, qué le gustaba comer y los sitios en los que había estado, pero no sabía nada sobre su familia.

–Háblame de ella.

Acababan de llevarles el segundo plato y Charlie, que estaba observando las bandejas, no se percató de que Riccardo hacía una mueca. Cuando lo miró, había vuelto a ser el mismo de siempre.

–Es una típica *mamma* italiana, muy protectora.

Eso era cierto, al menos. Riccardo empezó a cortar su filete y le contó lo suficiente para saciar su curiosidad sin tener que mentir. Sólo cuando Charlie le preguntó dónde vivía su madre se puso serio.

Ella sabía por qué. Pero no había vergüenza alguna en admitir que tus padres no tenían dinero. ¿No había sentido ella misma vergüenza alguna vez? Había conseguido una beca para estudiar en un colegio privado cuando tenía once años y también ella se había sentido avergonzada de su situación en comparación con el resto de las niñas, de modo que decidió cambiar de conversación para no hacerlo sentir incómodo. Aunque le habría gustado que Riccardo se lo contase para afianzar su relación, algo que deseaba desesperadamente.

Más tarde descubriría que el amor y la desesperación eran una combinación fatal.

Pero, por el momento, la amargura era una emoción que le resultaba ajena. Por el momento se limitaba a disfrutar de la cena y de la compañía de Riccardo.

Riccardo charlaba sobre temas generales, pero no dejaba de darle vueltas a la cabeza. Le resultaba raro saber que iba a echarla de menos esos días. Tener una relación seria con una mujer, cualquier mujer, era algo que no entraba en sus planes y, sin embargo, cuando se trataba de Charlie...

No, no podía complicarse la vida. Aquello sólo era una aventura de verano, se dijo a sí mismo.

No podían ir a casa de Charlie porque sus amigas estaban allí y tampoco podían ir a su casa porque estaba demasiado lejos. De modo que sólo les quedaba el coche. Pero en cuanto a experiencias sexuales, a Riccardo le apetecía todo.

Y también a Charlie.

No era el sitio más cómodo del planeta, admitió Charlie, pero cuando no se tiene no se puede elegir. Y ella quería tocarlo y que Riccardo la tocase antes de que se fuera a visitar a su madre.

De modo que ni siquiera protestó cuando detuvo el coche en el arcén. Era muy tarde y las luces del pueblo habían quedado atrás. Estaban en medio de una carretera oscura...

—Tienes que compensarme —dijo Riccardo, acariciando su pelo. Le habría gustado tener un buen coche y no aquel cacharro que había comprado porque iba con la imagen de vagabundo que quería dar.

—¿Qué quieres decir?

—Que yo te he hecho cosas en la piscina...

—Ah, sí, es verdad —sonrió Charlie, recordando la cabeza oscura enterrada entre sus piernas, las caricias de su lengua, que la habían hecho llegar al orgasmo.

Hicieron el amor con la inventiva de dos personas que conocen sus cuerpos íntimamente y no le temen a nada. Y esta vez ninguno de los dos quedó insatisfecho. En realidad, pensó Charlie después, suspirando de contento, no podía haber mayor satisfacción que hacer el amor con Riccardo di Napoli.

Estaba empezando a cerrar los ojos cuando él abrió la puerta del coche...

—¿Adónde vas?

—La llamada de la naturaleza —sonrió él,

dándole un beso en la nariz–. Y después voy a llevarte a casa, bruja. Es muy tarde.

Fue entonces cuando Charlie lo vio. Un sobre que debía de habérsele caído del bolsillo mientras hacían el amor. Un sobre con un nombre y una dirección. El nombre y la dirección de su madre.

Charlie los memorizó y luego volvió a dejarse caer en el asiento, como si no lo hubiera visto.

–¿Qué es esto? –preguntó Riccardo.

–¿Qué? No sé, debe de ser tuyo.

–Ah, sí –murmuró él, guardando el sobre en el bolsillo–. Venga, tenemos que irnos.

Charlie sonrió. Ella creía en el destino y el destino estaba haciendo su trabajo cuando a Riccardo se le cayó el sobre del bolsillo.

Porque, ¿de qué otra forma habría sabido adónde iba? ¿Y cómo si no iba a demostrarle que no tenía que avergonzarse de la situación económica de su familia?

¿Qué mejor manera de conocerlo de verdad que haciéndole una visita sorpresa?

Capítulo 2

PERO, mamá, a mí ese jamón no me gusta! ¿Por qué no puedo llevar chocolate? ¡Todo el mundo en mi clase lleva una chocolatina para el recreo! ¡Yo soy la única que lleva asquerosos bocadillos de jamón!

–El jamón y el pan te hacen crecer –contestó Charlotte Chandler, acostumbrada a las quejas de su hija de ocho años. Llegaba tarde al trabajo y no tenía ganas de ponerse a discutir sobre el valor nutricional del chocolate–. ¿Dónde tienes los deberes, Gina?

–En mi habitación.

–Pues ve a buscarlos. Venga, date prisa que es tarde.

Charlotte esperó, golpeando el suelo con los tacones y mirando el reloj, impaciente.

A veces, en momentos como aquél, se sentía asaltada por una sensación de soledad que la dejaba abrumada.

¿Y si las cosas hubieran sido diferentes ocho años antes? ¿Y si no hubiera decidido visitar a Riccardo por sorpresa? ¿Y si se hubiera quedado con sus amigas, con las que ahora no mantenía contacto, esperando que volviese? ¿Y si Riccardo la hubiera amado como lo amaba ella?

Pero había encontrado un método para lidiar con el triste pasado. Visualizaba una caja y dentro de la caja metía todos los recuerdos tristes. Y luego se veía a sí misma cerrando la tapa y sellándola con lacre.

Aunque, en general, su vida era tan ajetreada que no tenía tiempo para remordimientos ni penas. Cuando Gina era más pequeña, sólo tenía tiempo para trabajar y cuidar de su hija. Pero ahora Gina se estaba haciendo mayor y Charlotte tenía más tiempo para pensar. Aunque no era justo que los recuerdos que deberían haber muerto hacía años volviesen a aparecer en su mente, torturándola.

Gina apareció con los deberes en la mano y el cabello revuelto, aunque sólo media hora antes Charlotte se lo había peinado con esmero.

—Bueno, ¿lo llevas todo?

—Sí.

—¿Estás segura?

—¡Que sí, mamá! —sonrió la niña.

Otro lunes. Charlotte llevó a su hija al colegio y luego tomó la autopista para ir a la agencia de Henley, a las afueras de Londres, sin dejar de darle vueltas a la cabeza.

Sabía por qué le pasaba, claro. Era por Ben. Porque por fin estaba intentando volver a vivir y no quedarse a un lado, mirando cómo pasaba la vida e inventando excusas cuando sus amigas intentaban animarla para que saliera con alguien.

Era inevitable que se acordase de él. Y era imposible no comparar a cualquier hombre con Riccardo.

Aunque las comparaciones eran injustas porque después de tanto tiempo no podía recordar a Riccardo di Napoli con detalle. Le había hecho fotografías, algo por lo que estaría eternamente agradecida... pero las tenía guardadas en un cajón.

Aún seguía viendo su sonrisa, que no olvidaría nunca, y recordaba cómo le latía el corazón cada vez que él se acercaba.

Pero debería pensar en Ben. Ben, un hombre encantador y un buen partido, además. Sin embargo, no podía dejar de pensar en Riccardo. Riccardo, que se quedó tan sorprendido al verla en la puerta de su casa como si hubiera sido un paquete imprevisto y desagradable.

Entonces no era Charlotte sino Charlie. Charlie la adolescente sin una sola preocupación en el mundo, locamente enamorada y suficientemente ingenua como para pensar que el hombre del que se había enamorado la quería también. Después de todo, la deseaba ¿no? Se lo había dicho mil veces. Pero entonces Charlie no sabía que una cosa no tenía nada que ver con la otra.

Encontrar la casa de su madre había sido una pesadilla. Había hecho la mitad del camino en autobús y la otra mitad a dedo. Hacía mucho calor y era uno de esos días en los que caminar durante largo rato te pone enferma. Los pantalones largos y la camiseta se pegaban a su cuerpo como si tuviera pegamento.

Aunque habían pasado ocho años, aún seguía recordando el mareo que sentía... Claro que entonces no sabía a qué era debido ese mareo.

Pero pensó que si no encontraba la casa pronto tendría que gastarse el dinero en algún restaurante en cuanto llegase a Florencia.

Porque Florencia era su destino. O, más bien, las afueras de Florencia.

Había querido demostrarle que lo quería, que no le importaba la situación económica de su familia... qué tonta había sido.

Al final, perdida, tuvo que tomar un taxi. Con el calor y la angustia había olvidado la dirección, pero sabía el apellido de Riccardo, di Napoli. Y ésa fue la llave que, al final, le abrió la puerta.

El taxista conocía bien ese apellido. De hecho, sabía perfectamente cómo llegar a la casa. Cuando llegaron era de noche, pero aun así Charlie se dio cuenta de que aquélla no era la casa de una mujer de clase trabajadora.

–¿Seguro que éste es el sitio? –le preguntó al taxista–. ¡Debe de haber cientos de di Napoli en Florencia!

Delante de ella había una mansión de color terracota... pero no era una simple mansión, sino una especie de *palazzo* con pórticos de piedra, ventanales, portalones de madera. Rodeando la casa había un jardín bien cuidado, con flores y árboles que parecían centenarios.

El taxista estaba diciendo algo, pero hablaba tan rápido que Charlie no pudo entenderlo. Lo que sí entendió fue el nombre «Elena di Napoli».

Se le encogió el estómago al recordar la escena. La señora mayor que abrió la puerta... la señora mayor que no era la madre de Riccardo sino una de las criadas. Después su madre, luego Riccardo. Y a partir de ahí su sueño se había convertido en una horrible pesadilla.

Charlotte encendió la radio, pero no consiguió distraerla.

Riccardo se había mostrado literalmente horrorizado al verla y mientras ella se quedaba inmóvil, sujetando su mochila, incapaz de decirle que había querido darle una sorpresa, él la miraba como si no la conociera de nada. Su madre, una mujer de aspecto aristocrático a quien las incomodidades diarias de la vida no parecían haberle afectado nunca, la miraba como si fuera un insecto. Era alta, muy recta, de nariz aquilina.

En cuanto Charlie consiguió quedarse a solas con Riccardo le exigió una explicación. Por qué le había dicho que no tenía dinero, por qué conducía un viejo coche y se hacía pasar por un vagabundo...

–Yo no te he mentido. Dejé que pensaras lo que quisieras porque no quería complicar las cosas.

Charlotte subió el volumen de la radio porque aquel recuerdo en particular era el más doloroso. Cómo se había abrazado a él, con los ojos anegados en lágrimas, suplicándole que le explicara por qué se mostraba tan frío. Entonces era tan joven... pero incluso después de ver cómo vivía, quién era, seguía esperando que eso no pudiera separarlos.

«Qué tonta», pensó, con el corazón encogido.

La niebla empezaba a levantarse. Iba a ser uno de esos días fríos, oscuros, de los que te recordaban que el sol no salía en enero en Inglaterra. Incluso con la calefacción puesta, el frío se colaba a través de su jersey. Y de su corazón.

Pero cuando llegó a la oficina era la misma de siempre. Nadie podría adivinar que llevaba una hora recordando el pasado.

Aubrey, el propietario de la agencia en la que trabajaba, con cinco oficinas en los alrededores de Londres, le pidió disculpas por sacarla de su despacho.

—Tú eres la experta en mansiones, cariño.

—No te preocupes, no pasa nada.

Sí pasaba. Había perdido mucho tiempo yendo hasta allí y tenía mucho trabajo esperándola, pero al fin y al cabo Aubrey era su jefe y la persona que le había dado trabajo cuando estaba embarazada de cuatro meses, sin una carrera universitaria y sin experiencia en el negocio inmobiliario. Le debía mucho y no estaba dispuesta a decepcionarlo.

—¿Cómo está tu hija? ¿Ya tiene novio?

—Calla, por favor —sonrió Charlotte—. Le he dicho que nada de novios hasta la universidad.

—Cariño, no debes dejar que tu experiencia influya en la vida de tu hija...

—Intento que no sea así, Aubrey, pero es difícil. Bueno, vamos a hablar de la casa. ¿Éstas son las fotografías? Vaya, qué maravilla.

—Desde luego. Ni siquiera está en el mercado todavía.

—¿Y ya tienes un cliente interesado?

—Varios, de hecho.

—Entonces, es un mito que ya no se venden las casas grandes —murmuró Charlotte, observando las fotografías con ojo de experta y haciendo las convenientes preguntas. Muchas casas estupendas estaban en el mercado durante años por algún problema de humedades o cañerías viejas. Aparentemente, no era el caso.

Aubrey era una de las pocas personas que conocían su historia con Riccardo di Napoli. Era, además, el padrino de Gina, de modo que tenía derecho a opinar, aunque no solía hacerlo a menudo.

–¿Sigues viendo a ese hombre... Ben?

–Aubrey...

–Soy mucho mayor que tú y tengo derecho a darte alguna charla –sonrió él–. Las ventajas de ser un anciano.

–Sí, bueno... sigo viendo a Ben, pero quiero ir despacio.

–Me parece estupendo.

–Eso espero.

–Bueno, tienes todos los detalles de la casa en ese sobre. El cliente es una mujer. Llámame cuando le hayas enseñado la casa. Y, por cierto, vamos a buscar un día para que vayas a cenar a casa con la niña. Diana dice que hace siglos que no la ve.

–De acuerdo.

–Y puedes llevar a tu amigo...

–Bueno, eso me lo pensaré.

Presentarle a Aubrey y Diana sería como presentarlo a la familia, un enorme paso que Charlotte no sabía si estaba dispuesta a dar. Por el momento, Ben y ella habían ido al cine, al teatro, a cenar en alguna ocasión... nada más que eso. Sólo llevaban tres meses saliendo. ¿Para qué adelantar nada?

–¿Sabes si la clienta es de la zona?

–No, no es de aquí.

Charlotte subió al coche y tomó una carretera vecinal. El campo estaba precioso a pesar del frío. Los árboles levantaban sus ramas desnudas hacia el cielo, pero en primavera todo aquello estaría cubierto de flores.

Daba igual los pisos que vendiera en Londres, nada podía compararse con una casa allí. En Londres uno podía gastarse millones y aun así tendría vecinos al lado. Pero allí el dinero podía comprarte total tranquilidad.

Cuando llegó a la casa vio un coche aparcado en el patio, un Bentley muy elegante; el tipo de coche que costaba casi lo mismo que un piso en Londres.

Pero la mujer no estaba dentro. Y tampoco podía estar en la casa, a menos que hubiera decidido tirar la puerta abajo.

Suspirando, Charlotte se acercó a la entrada y miró alrededor. Estaba admirando vagamente los jardines cuando oyó una voz masculina a su espalda. En el primer momento no la reconoció. Pero luego se quedó inmóvil.

Y cuando por fin logró volverse, allí estaba: el hombre que seguía visitándola en sueños. Su pesadilla durante los últimos ocho años. Aquella misma mañana había estado pensando en él... ¿habría sido una premonición?

Charlotte parpadeó, incrédula. Luego cerró los ojos y, por primera vez en su vida, perdió el conocimiento.

Despertó tumbada en el suelo, con la cabeza apoyada sobre algo blando, como una almohada. Y había alguien mirándola fijamente. Oh, no. Nerviosa, intentó levantarse...

–Vaya, vaya, vaya. Así que eres tú –sonrió Riccardo.

–¿Qué estás haciendo aquí?

No había cambiado mucho. Cuando imaginaba un encuentro con él, y lo había imaginado muchas veces, siempre lo veía calvo, gordo y envejecido, cuidando de los *bambinos* que su madre le había dicho que tendría algún día con una chica italiana de su misma clase y no con una extranjera sin un céntimo.

Pero aquellos ocho años lo habían hecho aún más atractivo. Ahora llevaba el pelo corto y tenía algunas arruguitas alrededor de los ojos, pero seguía siendo un hombre extraordinariamente bien parecido.

Sonriendo, Riccardo di Napoli se inclinó para limpiarse de arena las rodilleras del pantalón. Un pantalón de claro diseño italiano.

–Me dijeron que la clienta era una mujer... la señora Dean.

–Has cambiado –dijo él, mirándola a los ojos.

Unos años antes esa mirada profunda le habría afectado, pero ya no era una niña. Ahora era una mujer de veintiséis con una hija de ocho... Gina.

Gina.

Tendría que librarse de él lo antes posible, pensó, asustada. No quería que Riccardo supiera que tenía una hija. Se había marchado de Italia ocho años antes con la vida destrozada y no pensaba dejar que eso le ocurriera de nuevo.

–Siento que esto te parezca poco profesional, pero creo que lo mejor será llamar a otro agente...

–¿Por qué?

–¿No es evidente? Tuvimos una desastrosa relación hace ocho años y eso tiene que influir en mi actitud hacia ti.

–Si me gusta la casa, la compraré. Sea cual sea tu actitud.

–Lo siento, pero yo no estoy preparada para... estar en tu compañía –replicó Charlotte.

–Pues es una pena. Me ha costado mucho llegar hasta aquí y no me apetece marcharme sin ver la casa, así que vas a tener que enseñár-mela habitación por habitación. ¿Está claro?

–¿Me estás amenazando, Riccardo?

–Si no lo haces, me quejaré a tu jefe. Le diré que ha perdido un buen cliente por tu culpa –contestó él.

Suspirando, Charlotte sacó la llave del bolso.

–Muy bien, de acuerdo.

Riccardo se había quedado sorprendido al verla. Y mucho más por su reacción. Pero era como si el círculo se hubiera cerrado, como si hubiera estado esperando aquel momento.

Aunque no era así. Aquel episodio de su vida había pasado a la historia. Charlie había sido la chica con la que mantuvo una relación de juventud sin importancia y que, de repente, apareció en la puerta de su casa, decidida a no dejarlo escapar. Aun así, era curioso ver cómo había cambiado. El pelo largo había desapare-cido, como la sonrisa franca. En su lugar había una melenita corta y una expresión cautelosa. Seguía siendo tan delgada como antes, pensó, estudiando el cuerpo que había bajo el traje de chaqueta. Como si hubiera sido el día anterior, casi podía sentir su cuerpo bajo el suyo sobre la hierba y se sintió desconcertado por el im-pacto de ese recuerdo.

Abruptamente, se volvió, sin saber qué decir.

–Supongo que deberías saber que la finca...
–Charlotte fue explicándole los detalles de la casa, según los leía en el informe.

–Agente inmobiliario. Nunca lo habría imaginado –dijo él–. Pero claro, entonces apenas nos conocíamos, ¿verdad, Charlie?

–Me llamo Charlotte –lo corrigió ella.

Riccardo no le hizo caso.

–Yo pensando que estaba tratando con una mujer y al final resultó ser una cría.

Charlotte se negó a contestar. Ella no se había sentido como una cría con él. Se había sentido como una mujer. Pero después de todo sólo era una adolescente. Y lo había amado como sólo puede amar una adolescente.

La madre de Riccardo descubrió que tenía dieciocho años mientras estaba en la ducha porque revisó su mochila y se puso a gritar al ver el pasaporte.

–La madera de roble del suelo sigue siendo la original –siguió Charlotte, sin mirarlo–. Las balaustradas también son de roble. Si no te importa seguirme, te enseñaré la cocina. Hay una bodega...

–No pienso guardar aquí gran cantidad de botellas de vino.

Charlotte habría querido decirle que le importaba un bledo lo que pensara tener allí porque él y lo que pensara hacer con la casa no eran asunto suyo.

–¿Por qué? –preguntó, intentando disimular un gesto de aburrimiento.

–¿Por qué no me miras, Charlie?

–Porque fuiste un terrible error en mi vida –contestó ella–. ¿Y por qué iba a mirar a un error del pasado?

Riccardo olvidó por un momento que, con los años, había convertido su recuerdo en un «escape por los pelos». Nadie se había referido a él como un error. Nadie. Y eso le molestó. El éxito y el poder se habían acumulado rápidamente con los años y tenía un círculo de devotos que lo aislaban de la realidad.

–Éste es el office –siguió Charlie.

–¿Y has conseguido rectificar el error? –le preguntó Riccardo, colocándose delante para interrumpirle el paso.

–Mira, ésta es precisamente la razón por la que no me parece buena idea que yo te enseñe la casa –suspiró Charlotte–. No quiero recordar el pasado, no quiero hablar de mi vida... Todo eso ya está olvidado.

Riccardo apretó los dientes. No le gustaba

su tono condescendiente. Afortunadamente, su relación había terminado como terminó. Porque aquella chica tan dulce se había convertido en una mujer dura, seca.

–Sí, claro –asintió–. Disculpa, no tengo derecho a hacerte preguntas personales.

Charlotte lo miró, suspicaz. No lo imaginaba pidiendo disculpas a menudo. Pero ¿qué sabía ella de Riccardo di Napoli? Una cosa era segura, no quería discutir con él. El instinto le decía que sería un enemigo peligroso. Le enseñaría la casa y luego hablaría con Aubrey para que, si estaba interesado, llevara las negociaciones él mismo.

–Sí, bueno... supongo que a los dos nos ha sorprendido esta extraordinaria coincidencia.

–¿Por qué no empezamos otra vez? –sugirió Riccardo.

Pero sentía gran curiosidad. ¿Se habría casado? No llevaba alianza en el dedo, pero hoy en día eso no significaba nada. Quizá estaba divorciada.

–¿Qué quieres decir?

–Tienes buen aspecto. Supongo que la vida te va bien. ¿Te has casado?

Justo en ese momento sonó el móvil de Charlotte. Y era Ben. Murmurando una disculpa, se dio la vuelta para hablar en voz baja un momento.

–Perdona. No, no me he casado... todavía. Pero voy a hacerlo.

Esperaba que eso crease una barrera entre los dos. Porque tenía que crear alguna barrera. Tenía que apartarse de aquel hombre.

Capítulo 3

DE MODO que la adolescente a la que había conocido en Toscana se había convertido en una mujer y estaba a punto de casarse... en fin, ése había sido su sueño. Charlie le había confiado que sentía celos de su hermana, que estaba casada y acababa de tener un hijo cuando se conocieron. Recordaba también que él se había reído, denigrando una institución, la del matrimonio, que unía a dos personas cuando eran demasiado jóvenes para reconocer el compromiso que eso significaba. Pero conversaciones así siempre duraban poco tiempo... porque tenían cosas mejores que hacer.

Luego Charlie apareció en la puerta de su casa, con sueños de compromiso y matrimonio, y él se había visto obligado a reconocer que quizá debería haber prestado más atención a esas conversaciones.

Sin embargo, lo único que podía recordar en aquel momento era aquellas noches sobre la hierba, su cuerpo desnudo... y se preguntó cómo sería su relación con aquel otro hombre.

–¿Qué fue de tus planes de terminar la carrera? Me dijiste que ibas a la universidad.

–Sí, bueno... la vida es así. Te cambia los planes sin que puedas hacer nada. ¿Has visto ya la cocina? Tengo que enseñarte muchas habitaciones y he de volver a casa.

–¿Dónde vives?

–¡Por aquí no, desde luego! Bueno, vamos al invernadero. Está por aquí, detrás de la cocina. Como ves, se ha mantenido el aspecto victoriano de la casa y...

–Parece que te gusta tu trabajo.

–Riccardo...

–Sí, es una cocina muy bonita –sonrió él–. Aunque yo no pienso cocinar nunca.

–No vas a tener vinos en la bodega, no vas a cocinar. ¿Para qué quieres comprar esta casa entonces?

–Como una inversión. Creo que ha llegado la hora de comprar una casa de este estilo. Te garantizo que en cinco años habrá cuadruplicado su precio.

–En ese caso, ¿para qué quieres ver todas

las habitaciones? Puedes conocer todos los detalles a través del informe.

—Tengo que saber si necesita reformas. Es aburrido y yo no tengo mucho tiempo, pero mi ayudante se ha puesto enferma durante el fin de semana.

Charlotte miró el atractivo rostro de Riccardo y sintió un escalofrío. La confianza que él mostraba tener en su juventud se había convertido en una tremenda seguridad. Años antes, cuando llegó a su casa en Florencia, él la había informado fríamente de que tenía todo su futuro planeado al detalle. Y debía de haber logrado todo lo que quería... aunque no parecía un hombre feliz. No había felicidad en sus ojos.

—¿Por qué no tienes tiempo?

—Soy un hombre muy ocupado.

—Ah, sí, se me había olvidado. Todos esos grandes planes que tenías para tu vida... ese futuro dorado que se había planeado para ti desde que naciste. Sí, supongo que tomarse un descanso debe de ser complicado —dijo Charlotte, irónica. No debería, pero Riccardo se había vuelto tan arrogante que no pudo evitarlo.

—¿Detecto cierto sarcasmo en tu voz o es parte de una rutina de venta?

—Perdona —murmuró ella, sin mostrarse contrita en absoluto–. Bueno, ¿seguimos viendo la casa o no?

–¿Te hago sentir incómoda o es sólo verte enfrentada con un error del pasado lo que te pone tan nerviosa?

–No estoy nerviosa.

Charlotte siguió enseñándole la casa, pero lo hizo a toda velocidad, sin pararse en detalles. Quería alejarse de él lo antes posible.

–¿No vas a enseñarme el segundo piso?

En el segundo piso estaban los dormitorios. No quería hacerlo, pero tampoco quería que Riccardo se quejara a Aubrey. Le gustaba su trabajo y lo necesitaba. De modo que fueron de habitación en habitación, al estudio, al dormitorio principal...

Riccardo admiró las paredes forradas de madera. A través de los enormes ventanales podía verse toda la finca...

Pero Charlie no lo había seguido. Estaba en la puerta, revisando el informe.

Sí, Charlie admitía haber cometido un error con él, pero ¿tenía que llevar su aversión hasta ese nivel? Evidentemente, estaba deseando marcharse, como si no pudiera soportar su presencia.

Acostumbrado a la adulación de las mujeres, Riccardo apretó los dientes.

–Hay otro piso. Se usa para dormitorios de invitados, pero podría convertirse en cualquier cosa. ¿Quieres verlo?

–No, gracias. Estoy empezando a cansarme de tu actitud de víctima, Charlie.

–Charlotte –volvió a corregirlo ella–. Y no me hago la víctima. Ya no soy la niña de entonces.

Riccardo dio un paso adelante y ella tragó saliva, pero se mantuvo en su sitio. Todo en él le asustaba. La vida durante los últimos ocho años había sido amable con ella comparada con aquel momento, pensó.

–No, ya no eres una niña, es verdad. Eres una mujer a punto de casarse que, evidentemente, no puede soportarme. Y no eres tan madura como para ocultarlo.

–¿Y te parece raro? –exclamó ella–. Tú me engañaste, me hiciste creer...

–¡Yo no te prometí nada!

–Te acostabas conmigo...

–¡No fui el primero!

–¡Sí lo fuiste! –exclamó Charlotte. Nunca se lo había dicho y Riccardo la miró, sorprendido.

–No puede ser. Yo lo habría sabido.

–¿Cómo? ¿Cómo ibas a saberlo?

–Debería... habría notado algo...

–Por favor, yo tenía dieciocho años y estaba loca por ti.

¿Se habría acostado con ella de saber que era virgen?, se preguntó Riccardo a sí mismo. No. No lo habría hecho. Su instinto lo habría alertado. Además, de haber sabido que lo era habría intuido que no tenía veinticuatro años.

–Si hubiera sabido que eras virgen, no me habría acostado contigo.

–¿Por qué no?

–Porque entonces habrías sido demasiado vulnerable.

–Y lo único que tú querías era sexo, ¿no?

–¡No, no era sólo eso!

–¿No? ¿Y por eso no replicaste cuando tu madre dijo que yo no era mujer para ti?

Riccardo dejó escapar un suspiro de frustración. Aquellos ojos azules acusadores estaban haciéndolo sentir como un canalla y él no se merecía eso.

–Mi madre quería...

–Sí, ya sé lo que tu madre quería –lo interrumpió ella–. Una chica italiana de tu mismo círculo social. Lo dejó bien claro. De hecho, incluso mencionó a una tal Isabella. ¿La llevaste al altar después de todo?

–No me he casado –contestó él, mirándola a los ojos. Podía haberse cambiado el corte de pelo y la ropa, pero seguía siendo una cría por dentro, pensó–. Y tienes razón. Debería haberte defendido un poco más.

–¿Un poco más? Si no recuerdo mal, te quedaste horrorizado al verme en tu casa.

–Porque fue algo totalmente inesperado.

–Una sorpresa inesperada y desagradable, ya lo sé –suspiró Charlotte–. Especialmente para una chica de dieciocho años que, tontamente, pensaba que al chico con el que se acostaba podría importarle algo.

–Yo tenía veintiséis años entonces, Charlie. Tampoco era tan maduro. Y pensé que tenía una relación de verano con una chica de veinticuatro. No se me había ocurrido pensar en el matrimonio.

–¡Yo nunca dije que quisiera casarme contigo!

Pero sí quería una relación, no sólo darse unos cuantos revolcones hasta que acabase el verano. Aunque quizá lo que pasó era lo más lógico. Riccardo había pensado que quería llevarlo al altar, que quería atarlo cuando él no quería ser atado...

Pero ahora estaba Gina.

–Y tienes que entender que mi madre es una persona tradicional. Que una cría apareciera de repente en casa era su peor pesadilla.

A Charlotte le resultaba difícil imaginar a su madre como una amable anciana preocupada sólo por la felicidad de su único hijo.

–Bueno, ahora que nos hemos quitado eso de en medio, quizá podríamos terminar de ver la casa –dijo, suspirando. Decían que las confesiones eran buenas para el alma, pero ella se sentía más confusa y más dolida que nunca.

Cuando salieron se estaba haciendo de noche.

–Bueno, si estás interesado sólo tienes que llamar a la oficina. Puedes ponerte en contacto con Aubrey James en Henley.

–¿No vas a atenderme tú?

–¿Perdona?

–Lo más lógico sería que me pusiera en contacto contigo.

–No. Yo no trabajo en Henley.

–¿Dónde trabajas?

–En Londres –contestó Charlotte–. Pero se me da bien vender casas grandes y Aubrey piensa que eso me convierte en una experta.

–¿Es Aubrey tu futuro marido?

–¿Qué? Oh, no, no. Aubrey me dobla la edad

y está felizmente casado. Es más bien una figura paterna.

—¿Y quién es el afortunado entonces?

—Se llama Ben.

—¿Ben? ¿Y quién es Ben?

—Un hombre. Tiene dos brazos, dos piernas, una cabeza.

Riccardo soltó una carcajada y, en la oscuridad, Charlotte se puso colorada. Tenía que irse de allí. Tenía que alejarse de aquel hombre y volver con su hija.

Su hija. La hija de los dos.

—¿Y qué hace ese hombre que tiene dos brazos, dos piernas y una cabeza?

—Nada. Bueno, tengo que irme. No quiero conducir de noche.

—Si tu jefe te aprecia tanto podría haber pensado en alojarte en algún sitio esta noche.

—¡No puedo quedarme aquí! —exclamó Charlotte. Riccardo la miró, sorprendido por tan apasionada respuesta—. Tengo que volver a Londres.

—Ya, claro. Supongo que el hombre que no hace nada te estará esperando con la cena hecha y velitas sobre la mesa. Pero debes tener cuidado.

—¿Qué quieres decir? ¿De qué debo tener cuidado?

–De los hombres que quieren encadenarte. Puede que sea halagador al principio, pero a nadie le gusta ser cautivo de otra persona.

–No sé de qué estás hablando –murmuró Charlotte–. Yo no soy cautiva de nadie.

–¿Entonces por qué pones esa cara de miedo?

–Mira, tengo que irme...

–Yo también me voy a Londres. Podría seguirte, para asegurarme de que llegas a salvo a casa... estas carreteras pueden ser muy traicioneras.

–¡No!

Riccardo levantó las dos manos en señal de rendición. Pero cada vez sentía más curiosidad.

–No hace falta que me escolte nadie. He hecho viajes más largos.

–¿Y has vuelto a Londres en el mismo día? ¿Cuando se estaba haciendo de noche? ¿En ese cacharro?

–Es un coche estupendo. Me lleva a todas partes.

–Pero no parece bien equipado para viajes largos.

–A mí no me gustan los coches ostentosos –replicó ella, mirando el Bentley aparcado en la puerta–. Además, gastan demasiada gasolina.

–Pero en caso de accidente, en una carretera oscura en pleno invierno, podrías lamentar tu amor por la ecología. ¿Es el coche de la empresa? Si es así, creo que deberías hablar con tu jefe. O quizá debería hacerlo yo...

–¡No te atrevas!

–¿Por qué estás tan nerviosa? –le preguntó Riccardo, sin dejar de sonreír–. Debería invitarte a cenar, así podrías seguir echándome la bronca. Y luego, cuando hayas terminado, podríamos hablar de forma civilizada.

–Lo siento, no puedo –contestó Charlotte, abriendo la puerta de su coche. Pero antes de que pudiera cerrarla, Riccardo la sujetó. Y, desgraciadamente para ella, con la luz encendida no podía disimular el rubor que había en su rostro–. Mi novio... mi prometido está esperándome.

–Ben, el que no hace nada.

–En realidad sí hace algo. Tiene un trabajo estupendo. Y está esperándome en casa con la cena hecha, así que no puedo cenar contigo.

–¿Con la cena hecha?

–A Ben le encanta cocinar.

Riccardo arrugó el ceño y Charlotte se sintió un poco más cómoda ahora que había inventado una excusa para marcharse.

–Supongo que tú no lo aprobarás, claro. Vi-
niendo de una familia italiana tradicional como
la tuya, seguramente pensarás que un hombre
que cocina es un mequetrefe, pero así es la
vida. Ben es un cocinero fantástico y nada le
gusta más que cuidar de mí.

–Pues debe de tener un horario muy flexible.
Si tiene tiempo para ir a casa y hacer la cena
cuando tú estas trabajando todavía...

–Sí, bueno, no todo el mundo es como tú.

–¿Qué quieres decir?

–Que no todo el mundo tiene como objetivo
amasar dinero. No todo el mundo lo sacrifica
todo por tener una buena cuenta corriente. Estamos en el siglo XXI y la gente empieza a
darse cuenta de que hay cosas más importantes
en la vida que tener mucho dinero. Ben es un
hombre del siglo XXI...

–¿No me digas? ¿Le gusta cocinar, plan-
char, coser?

Charlie decidió no hacer caso del sarcasmo.

–Puede que a ti te guste trabajar veinte horas al día para ganar millones y comprar casas
como inversión, pero en mi opinión Ben ha
descubierto el secreto de la felicidad. Le ha dicho adiós a la avaricia y vive una vida más es-
piritual.

–Ah, ya veo, sois de ésos que abrazan árbo-les –rió Riccardo–. ¡No me lo puedo creer!

–¿Quién ha dicho nada de abrazar árboles? –protestó ella–. Además, me da igual lo que pienses. Tengo que irme. Me está esperando un hombre que sabe que en la vida hay algo más que una cuenta corriente.

Mientras se alejaba, Charlotte tenía la impresión de haber ganado la batalla. Le había dejado claro que era una mujer moderna y que sabía cuáles eran sus prioridades. Incluso se puso a canturrear una canción... hasta que se dio cuenta de que no había ganado nada.

Sí, había inventado a una mujer que controlaba su vida. La imagen contraria a la cría que él había destrozado ocho años antes.

Pero, en realidad, no había ningún prometido maravilloso esperándola en casa con la cena hecha. Ningún hombre que hubiera decidido cuidar de ella... Ni siquiera sabía si Ben era capaz de freír un huevo. Siempre que quedaban cenaban fuera.

Y sí, la verdad era que desaprobaba a un hombre cuya razón de ser fuese exclusiva-mente ganar dinero. Pero ella trabajaba sin parar para mantener un estilo de vida decente. De modo que, ¿dónde estaban esos ideales del siglo XXI? En algún sitio, en un horizonte muy lejano.

¿Debería haberle hablado de Gina?, se preguntó. Esa idea la llenó de horror. A saber lo que Riccardo haría si supiera de la existencia de la niña. Asustada, pensó que se volvería loco de rabia e intentaría quitársela. Usaría su fabulosa fortuna para arrebatarle a su hija. Charlotte sintió un escalofrío.

Por la mañana llamaría a Aubrey para contarle lo que había pasado. Le diría quién era Riccardo di Napoli y le pediría que guardase silencio sobre su hija. Por si Riccardo decidía hacerle preguntas. Dudaba que lo hiciera, pero por si acaso...

Siempre era mejor prevenir que curar.

Capítulo 4

CHARLOTTE apoyó una mano en la barbilla para mirar a Ben, un hombre tan agradable y tan normal que empezaba a resultarle aburrido. Pero estaba decidida a no encontrarlo aburrido. Todo eso del sexo, de la pasión, del deseo... estaba sobrevalorado. Y ella había pagado un alto precio por caer en esa trampa. Además, Ben y ella empezaban a tener una relación seria. Aún no se habían acostado juntos, pero se habían besado. Él había intentado algo más, pero Charlotte le dijo que era demasiado pronto y él, galantemente, había respetado su decisión.

Afortunadamente, Riccardo había desaparecido de su vida. Después de contarle a Aubrey lo que había pasado, no había vuelto a saber nada más.

Y el hecho de que su reaparición hubiera despertado tantos recuerdos era lógico.

–¿Charlotte?

–¿Qué? Perdona, no te había oído...

–Te preguntaba si querías bailar.

–Sí... –murmuró ella, distraída.

–Muy bien. A algunas mujeres no les gusta ser las primeras en la pista, pero veo que tú no eres de ésas.

Charlotte descubrió, horrorizada, que había aceptado bailar con él. Estaban en un club de jazz, pero no había nadie en la pista. Y ella estaba a punto de hacer el ridículo.

–Perdona, no te había oído...

Pero Ben ya se había levantado y estaba tirando de su mano.

–Deberías haberme advertido que te gustaba bailar. Me habría preparado.

–¿Cómo?

–¡Bebiendo dos botellas de vino!

–Pero si lo haces muy bien –sonrió Ben.

Charlotte podría haber jurado que la banda alargaba la canción mucho más de lo necesario. Pero lo que más le mortificó fueron los aplausos de los demás clientes, que parecían más divertidos viéndolos bailar que participando ellos mismos.

Afortunadamente, durante la segunda canción otras parejas se animaron. Como solía ocurrir, después de dejar que los primeros hiciesen el ridículo.

Estaban a punto de volver a la mesa cuando alguien le dio un golpecito en el hombro. Charlotte giró la cabeza y... allí estaba, mirándola con un brillo de burla en los ojos.

Riccardo di Napoli. Su pesadilla.

¿Qué demonios hacia Riccardo en un club de jazz en el centro de Londres? ¿No tenía que dirigir imperios y conquistar el universo? ¿Y cómo era posible que después de ocho años sin verse se encontrasen dos veces en quince días?

–¿Puedo? –preguntó, mirando a Ben. Y, pobre inocente que era Ben, estaba sonriendo–. Soy un viejo amigo.

Charlotte abrió la boca para protestar, pero entonces recordó que Ben y ella eran, supuestamente, prometidos. ¿Y si Riccardo empezaba a hacer preguntas?

–Ben, ve a pedirme una copa. Uno de esos cócteles rosas.

–Muy bien. Te espero en la mesa.

–Un cachorrito obediente, ¿eh? –sonrió Riccardo, tomándola por la cintura.

–¿Qué estás haciendo aquí?

–¿Hay desaprobación en esa pregunta? Me parece que no necesito un pase especial para

venir a un club de jazz. Además, no sé si te
acuerdas, pero siempre me ha gustado el jazz.

Charlotte estaba recordando muchas cosas,
pero su amor por el jazz era lo menos desconcertante. Recordaba haber bailado con él muchas veces. En medio del campo, oyendo la
música que salía de la radio del coche. Recordaba el calor de su cuerpo apretado contra el
suyo y su propia risa, sabiendo lo que habría
después del baile.

–Te he visto en la pista con tu prometido.
Sois muy valientes.

–Sí, bueno... Ben es un poco aventurero.

–Ese hombre es un ejemplo para todo.

–¿Con quién has venido?

–Con una rubia muy atractiva, Lucinda –contestó él.

Charlie apretó los labios.

–¿Y has dejado a la pobre chica sola para
bailar con alguien que no quiere bailar contigo?

Riccardo apartó un poco la mano de su cintura. Bien. La respuesta le había molestado,
como ella quería. Al gran Riccardo di Napoli
no le gustaba que una mujer le dijera que no
estaba interesada en él. El gran Riccardo di
Napoli, con su atractiva rubia que, probable-

mente estaría molesta en alguna esquina. Mejor. Esperaba que se marchase lo antes posible.

–Ben es exactamente como yo lo había imaginado –suspiró Riccardo entonces. Por el rabillo del ojo podía ver a Lucinda mirándolo con cara de enfado. Se estaba volviendo muy exigente y eso no le gustaba nada. Tendría que lidiar con eso, pero más tarde. Por el momento estaba disfrutando de Charlie, la mujer que se le quería escapar de las manos a toda costa–. Parece un hombre muy sensible.

–No pienso tener esta conversación contigo.

–Tú creías en el destino. ¿Sigues creyendo?

–Eso era entonces, Riccardo.

De modo que aquélla era su novia del momento, pensó Charlotte, mirando a la rubia. Debía de medir un metro ochenta y llevaba tacones de aguja y el pelo por la cintura. El tipo de mujer acostumbrada a que todo el mundo la mirase. Charlotte habría deseado llevar tacones, aunque sólo fuera para sentirse un poco más segura de sí misma. Pero para trabajar llevaba zapatos con un poco de tacón y los fines de semana le gustaba estar cómoda.

Desgraciadamente, se sintió en desventaja cuando tuvo que levantar la cabeza para mirar los ojos oscuros de Riccardo.

–Dejé de creer en el destino hace ocho años. Pensé que el destino me había empujado a hacer aquel viaje... y no podría haber estado más equivocada. Ahora prefiero tomar mis decisiones de forma más racional.

–Entonces, ¿no crees que el destino tenga nada que ver con este encuentro?

¿Estaba coqueteando con ella? ¿Jugando con ella como un gato con un ratón?

–Sólo si el destino tiene un perverso sentido del humor.

La música terminó en aquel momento y Charlotte se apartó en cuanto vio que la rubia se abría paso en la pista con cara de pocos amigos.

–Creo que tu novia te está buscando, Riccardo. Y no parece muy contenta. Yo que tú tendría cuidado.

–¿Por qué?

–Es una chica grande. Podría tirarte al suelo de un puñetazo.

No había nada más satisfactorio que decir la última palabra, decidió mientras volvía con Ben, que obedientemente, había ido a pedir un cóctel a la barra.

–Tenemos un pequeño problema. Ese hombre...

–Baila muy bien, ¿no? Siempre he pensado que ése es el problema de los ingleses, que no sabemos movernos.

–Tú lo haces muy bien –suspiró ella–. Pero es que ese hombre es... el padre de Gina.

Ben la miró, boquiabierto, y Charlotte le contó lo que había pasado. Y su pequeña mentira.

–Lo siento mucho, Ben. Sé que no debería involucrarte en esto, pero no sabía qué hacer. Él no sabe nada sobre Gina y tenía miedo... Le dije que estamos prometidos.

–¿No se ha dado cuenta de que no llevas un anillo de compromiso?

Charlotte se encogió de hombros.

–No lo sé. Ah, y hay otra cosa. Riccardo es... en fin, es un hombre muy arrogante, muy rico. Y yo le dije que tú eras todo lo contrario. Le dije que te gustaba cocinar, que no estabas obsesionado con ganar dinero... En fin, ya sabes.

–Pero no sé cocinar –sonrió él–. Y no estamos prometidos. Pero somos buenos amigos y si tengo que fingir que soy tu novio, no es ningún problema para mí.

–Gracias –sonrió Charlotte, apretando su mano–. Aunque no creo que tengamos que hacerlo.

Sin embargo, cuando giró la cabeza vio a Riccardo y a su fabulosa novia acercándose a la mesa. Juntos hacían una pareja fabulosa y, como Charlotte había predicho, la rubia se agarraba a su brazo como si no quisiera soltarlo nunca.

–¡Riccardo! ¿Sigues aquí? Ah, y tú debes de ser su prometida.

–No es mi prometida.

Charlotte hizo como si no lo hubiera oído.

–Riccardo no ha dejado de hablar de ti mientras estábamos bailando. Dime, ¿debo felicitaros? ¿Ya tenéis fecha para la boda?

Si las miradas matasen, Charlotte estaría a dos metros bajo tierra para entonces.

–Pues si es así, ya somos cuatro –intervino Ben–. Yo he encontrado a la mujer perfecta –añadió, inclinándose hacia Charlotte para revolverle el pelo. No era el gesto más romántico del mundo, en su opinión, pero por la cara de Riccardo parecía haber logrado su objetivo.

–Charlie me ha hablado mucho de ti –dijo el italiano, soltándose del brazo de la rubia–. ¿Podemos sentarnos?

Charlotte y Ben se miraron.

–Sí, sí, claro. ¿Así que te ha hablado de mí?

–Sí, me ha contado muchas cosas sobre su prometido.

–Le he dicho que eras una joya. Siempre a mi lado, cuidando de mí, haciendo unas cenas maravillosas...

La rubia parecía aburrida, pero incluso aburrida era guapa. Tenía una forma de mover la melena, de poner morritos...

–Riccardo también cocinará para ti, supongo –le dijo a la rubia con toda intención.

–Ric no cocina –contestó ella.

–¿Ah, no?

–No –dijo Riccardo, irritado–. ¿Para qué cocinar cuando otra persona puede hacerlo mucho mejor que yo?

–Eso depende del dinero que tengas para gastarte en restaurantes.

–Tengo un chef personal.

–Y yo también –sonrió Charlotte, abrazando a Ben.

–Una mandona, ¿verdad? –dijo Riccardo, sin poder disimular su irritación.

–A mí me gusta así –sonrió Ben.

Charlotte podría haberlo besado. Pero no lo hizo. No quería complicar las cosas.

–Aubrey me ha dicho que no lo has llamado sobre la casa –dijo, para cambiar de tema–. ¿Has encontrado una inversión mejor?

–Sigo pensándolo –dijo Riccardo, mirándola a los ojos. Seguía siendo una mujer muy sexy. Lucinda era guapísima, pero Charlie era divertida e inteligente y eso siempre le había gustado. De hecho, había olvidado cuánto le gustaba.

Ben se levantó entonces.

—Bueno, nosotros nos vamos. Se hace tarde.

Aquel hombre era un aburrido o un tonto porque no parecía darse cuenta de nada. Él despertaba la pasión de Charlie mucho más que su prometido. Su prometido que, evidentemente, no tenía mucho dinero, ya que ni siquiera le había regalado un anillo de compromiso.

Claro que podrían sentir un amor que no fuera apasionado. Algo que a él no le pasaría nunca. Cuando volvió a mirar a Charlie, el club desapareció. Desapareció Lucinda, Ben... Estaba de nuevo en Italia, su cuerpo ardiendo, pensando en cuándo, cómo y dónde iba a acostarse con ella.

—Estaremos en contacto.

—¿Qué?

—Sobre la casa. Estaremos en contacto —dijo Riccardo.

—Bueno, sí. Tienes el número de Aubrey, ¿no?

Charlotte se dio la vuelta, dejando a una Lucinda mucho más interesada ahora en la conversación.

–Se ha puesto malo –le confió a Ben mientras salían del club–. A la rubia le ha interesado mucho el tema de la casa. Pobre chica. Evidentemente, tampoco ella es la *signorina* italiana que su madre busca para él. Por muy guapa que sea, no hay sitio para ella en ese mundo suyo tan cerrado, tan clasista...

Sólo cuando llegaron a casa se dio cuenta de que estaba aburriendo a Ben con su conversación. Pero la niñera estaba esperando y no había tiempo para disculpas. Sólo para darle un besito en la mejilla por haberla rescatado de un hombre que podría haber sido su ruina.

No había esperado que Riccardo se pusiera en contacto con Aubrey. No había ninguna razón para que comprase aquella casa en Inglaterra. De modo que el sábado por la mañana, una hora después de haber dejado a Gina jugando con una de sus amiguitas del colegio, Charlotte no pensó nada cuando sonó el timbre. Vivía en una casita baja en una calle muy tranquila y estaba acostumbrada a que llamasen al timbre para intentar venderle cualquier cosa.

Vestida con un vaquero viejo, el pelo sujeto con una cinta y el bote de cera para los muebles en una mano abrió la puerta...

–Vas a preguntarme qué hago aquí. Ya lo sé –dijo Riccardo, mirando el suelo de madera y las paredes blancas. Luego volvió su atención hacia la cara de Charlie, que estaba pálida.

–No puedes... no puedes aparecer aquí de esta forma. Si quieres hablar de la casa llama a Aubrey. ¿Cómo has conseguido mi dirección? ¿Cómo sabes dónde vivo? ¿Aubrey te lo ha dicho?

–¿No vas a invitarme a entrar?

Charlotte lo pensó un momento. ¿Qué debía hacer? Podía darle con la puerta en las narices, pero Riccardo volvería, estaba segura. O podía quedarse en la puerta y arriesgarse a que Gina volviera inesperadamente. O podía invitarlo a entrar, escuchar lo que él tuviera que decir y luego despedirse amablemente. Sin ninguna duda, la opción número tres.

–¿Cómo has descubierto dónde vivo? –le preguntó, haciendo un gesto para que entrase.

–Tengo mis métodos –contestó él–. Bonita casa, por cierto.

Se dirigía hacia la cocina, pero Charlotte señaló el salón. En la puerta de la nevera había dibujos infantiles, imanes de Disney, horarios escolares... Una zona muy peligrosa.

–Si quieres pasar el salón... pero no tengo mucho tiempo. Iba a salir.

–¿Con un bote de cera para los muebles en la mano?

Charlotte había olvidado eso.

–Sí, bueno... antes iba a limpiar un poco el polvo. Y a cambiarme, claro. Es que suelo hacer la limpieza los sábados.

–Me sorprende que tu prometido no te ayude. Parece el tipo de hombre al que le gusta limpiar el polvo y pasar la escoba. ¿Dónde está, por cierto?

–¿Qué es lo que quieres, Riccardo? ¿Por qué has venido?

–Porque no he dejado de pensar en ti –contestó él.

Sus ojos se encontraron y Charlie sintió que se le encogía el estómago. Estaba tan guapo... En otro hombre, el pantalón y el jersey gris habrían parecido insípidos. Sin embargo, Riccardo di Napoli estaba guapísimo. Tenía un cuerpo que parecía hecho para aquella ropa italiana. Alto, de hombros anchos, caderas estrechas... Charlotte tragó saliva para concentrarse en la conversación.

—¿Ah, sí?

—Ah, sí —repitió él, dejándose caer en uno de los sofás.

Comparado con aquel hombre tan sofisticado, el salón que Charlotte había decorado en tonos beige, miel y crema parecía soso y aburrido.

—Por cierto, la otra noche te portaste muy mal.

—¿Yo? ¿Por qué?

—Tú sabes por qué. Querías meterme en líos con Lucinda.

—No me gusta cómo tratas a las mujeres. Si sólo quieres acostarte con ella, deberías decírselo claramente.

—Y en caso de que yo no se lo diga, estabas dispuesta a decírselo tú, ¿no? O al menos a meterme en un lío. Mi castigo por encontrarme contigo después de ocho años.

—Mira, si has venido buscando una disculpa, me disculpo. ¿Satisfecho?

—No —Riccardo estiró las piernas y puso una mano sobre el respaldo del sofá—. Ya te he dicho que he estado pensando en ti.

—No me interesa, lo siento.

—¿No? ¿Por es estás temblando? ¿Porque te soy indiferente?

–¿Se puede saber para qué has venido? –preguntó Charlotte, pasándose una mano por el pelo–. Te he pedido disculpas por lo de... Lucinda. Lo que hagas con tu vida no es asunto mío.

–Y lo que tú hagas no debería ser asunto mío pero, por alguna razón, yo creo que lo es.

Charlotte empezó a ponerse nerviosa. Por el rabillo del ojo veía las manecillas del reloj moviéndose sin parar. El tiempo pasaba y Riccardo no daba señales de querer marcharse.

Entonces se dio cuenta de que había cometido un error. Había esperado saciar su curiosidad presentándole a su prometido, pero debería haber imaginado que Riccardo di Napoli no se detendría ahí. Él no era una persona amable y no se conformaba con cualquier cosa. Si no se hubieran encontrado en el club, tarde o temprano la habría buscado porque querría conocer al hombre con el que creía que estaba prometida.

Riccardo miró alrededor entonces y vio la fotografía de una niña.

–¿Quién es, tu sobrina?

Charlotte no podía contestar porque se le habían cerrado las cuerdas vocales. Y tampoco podía levantarse y quitarle la fotografía de la mano porque en ese momento sonó el timbre. Y ésa era la respuesta.

—¿No vas a abrir? —preguntó él—. Podría ser algo importante.

Ella lo miró, temblando.

—Sí, sí, seguro que lo es...

Capítulo 5

GINA había estado en la tienda de caramelos de la esquina con Amy y su madre y volvía a casa con una bolsa llena de dulces. A pesar de llevar una dieta sana en casa, como todos los niños ahorraba dinero cada semana para su ración de azúcar.

Y, por una vez, Charlie no sacudió la cabeza ni le dijo que no iba a comerse todo aquello de una sentada. De hecho, abrió la puerta y se quedó parada, mirando a la niña que tanto se parecía al hombre que estaba sentado en el salón.

–¿Estás mala, mamá? Puedes comerte uno de estos caramelos, si quieres. Pero de los naranjas, no.

–Entra, cariño.

Gina la miró, alarmada. Aquélla no era la rutina de todos los sábado. Nerviosa, se metió un caramelo de naranja en la boca y esperó. Su madre no dijo una palabra.

–Te prometo que voy a ordenar mi habitación ahora mismo.

–Quiero presentarte a una persona, cariño.

–¿Es el señor Forbes? ¡Porque no es culpa mía que se me olvidara hacer los deberes!

–¿Se te ha olvidado hacer los deberes? –Charlotte se distrajo momentáneamente, pero enseguida recordó a Riccardo–. No, no es el señor Forbes.

Gina se quitó el abrigo. Debajo llevaba vaqueros y un jersey negro. Charlotte había dejado de intentar que su hija vistiera de rosa tiempo atrás. Según ella, el rosa era «para las niñas pequeñas».

Cuando entró en el salón, Riccardo estaba frente a la ventana, de brazos cruzados. Las dos se detuvieron en la puerta.

–Riccardo, quiero presentarte a Gina.

–Qué nombre tan bonito –dijo él, sin mostrarse demasiado interesado–. ¿Cuántos años tienes?

–Gina tiene ocho años –contestó Charlotte, esperando su reacción. Pero no hubo reacción alguna. Claro que Riccardo no tenía por qué pensar que Gina era su hija y, sin tener esa información, sería una simple niña para él. Aunque debía de preguntarse qué hacía una niña en su casa.

—Soy la primera de mi clase en matemáticas y en literatura —dijo Gina, orgullosa—. La semana pasada me dieron un premio. ¿Verdad que sí, mamá?

Charlie observó la expresión de Riccardo, que la miraba sin entender. Se quedó muy quieto y luego miró a Gina, observando los rizos oscuros, los ojos castaños, la piel bronceada... y pareció sumar dos y dos.

Después de haber roto el hielo, Gina, tan segura de sí misma como su padre, empezó a hablar del colegio, del premio... ofreciéndose a enseñárselo mientras Riccardo la miraba en silencio.

—Ocho años —dijo por fin—. ¿Y cuándo es tu cumpleaños?

—Gina, tienes que ir a ordenar tu habitación. Y puedes llevarte la bolsa de caramelos. ¡Pero sólo por esta vez! Tengo que hablar en privado con Riccardo, cariño. Cuando hayas terminado de limpiar tu habitación puedes... puedes —podía sentir los ojos de Riccardo clavados en ella—. ¡Puedes jugar con la Playstation!

Su hija la miró con los ojos muy abiertos. Jugar con la Playstation estaba terminantemente prohibido hasta que terminase los deberes, de modo que salió corriendo escaleras arriba sin decir una palabra y Charlotte cerró la puerta. Pero tuvo que apoyarse en ella para encontrar apoyo.

–Dios mío, dime que no... No puede ser verdad. ¡Dios! Dime que no estabas embarazada cuando...

Por primera vez en su vida, Riccardo sentía como si la vida le hubiera dado una patada en el estómago. Confuso, se dejó caer en el sofá y apoyó los codos en las rodillas. Los pensamientos iban y venían tan rápido que se sentía enfermo.

–Mira... –empezó a decir Charlotte–. Yo no quería que te enterases de esta forma.

–¡Lo que quieres decir es que no querías que me enterase en absoluto!

Aquella niña lista y simpática era su hija. Su hija. Su propia sangre. Riccardo sintió una rabia que lo llenó por completo y tuvo que respirar profundamente para controlarse.

Charlotte no dijo nada. Estaba empezando a asustarla; no porque temiera que le hiciera algo sino por la frialdad que había en sus ojos, mucho más amenazadora.

–¡Tú no lo entiendes!

–Entonces, ¿te importaría explicármelo?

Charlotte sabía que Riccardo no iba a escuchar su explicación. No estaba preparado para escuchar nada, pero de ninguna manera iba ella a permanecer en silencio.

–Cuando me marché de Italia no sabía que estaba embarazada. Teníamos tanto cuidado... bueno, casi siempre. Pero un par de veces no lo tuvimos. Y eso fue todo lo que hizo falta.

–Y entonces, cuando descubriste que estabas embarazada, decidiste eliminarme de la película –dijo Riccardo.

–Tú habías dejado perfectamente claro que yo no había sido más que una aventura de verano. No querías saber nada de novias, de modo que tampoco habrías querido saber nada de un hijo.

–Mi propia hija –murmuró Riccardo–. ¿Cómo te atreves a decirme lo que yo habría querido o no habría querido cuando se trata de mi propia sangre?

–¿Y como te atreviste tú a tratarme como lo hiciste en Florencia? –Charlotte miró hacia la puerta y bajó la voz–. Cuando me marché de Italia estaba destrozada. ¿Cómo imaginas que me sentí al descubrir que estaba embarazada? ¡A los dieciocho años! Estaba sola, Riccardo. Sola, sin dinero...

–Pero...

–Tuve que olvidarme de la universidad, olvidarme de todos mis planes –siguió ella–. ¿Crees que no pensé ponerme en contacto contigo para pedirte ayuda? Sí, lo pensé. Muchas veces. Pero cada vez que lo pensaba imaginaba cuál sería tu reacción. Tú no querías saber nada de mí y de repente, te verías cargado con un hijo...

–Ésa no es excusa. ¿Qué clase de monstruo crees que soy?

–En realidad, no te conocía en absoluto. Descubrí quién eras cuando nos vimos en Florencia. Y no te portaste como un caballero precisamente.

–¡Pero yo no te habría echado de mi casa si me hubieras dicho que estabas embarazada!

–¿Por qué no? Muchos hombres salen corriendo en cuanto se enteran de que su novia está embarazada. No habría sido una reacción muy original.

–¡Yo no soy como esos hombres!

–¿Ah, no? ¡Pues como esos hombres me echaste de tu casa cuando fui a verte a Florencia!

–Entonces era diferente. Tú y yo no teníamos una relación...

–¡Pero de eso que no fue una relación ha nacido una niña! –Charlotte respiró profundamente para calmarse–. Mira, Riccardo, estaba asustada. Estaba sola, sin saber qué hacer, tú no querías saber nada de mí... –le seguía doliendo recordar aquello–. No me querías y pensé que si volvía a Italia con la noticia me echarías de tu casa otra vez. O peor, que querrías quedarte con mi hijo...

–¡Nuestro hijo!

–Mira, no tiene sentido discutir eso ahora. Lo hecho, hecho está.

–¿Y no se te ocurrió en ningún momento informarme de que había sido padre?

–He construido mi vida sin ti. No elegí la opción más fácil, te lo aseguro.

Riccardo se levantó abruptamente y Charlotte tardó un segundo en darse cuenta de cuál era su intención.

–¡No vas a quitarme a mi hija! –exclamó, levantándose a su vez–. No creas que vas a poder usar tu dinero y tu influencia para llevarte a Gina.

–No puedo quedarme aquí más tiempo. Tengo que irme, tengo que pensar.

–¿Pensar en qué?

Riccardo se volvió para mirarla con frialdad.

–Volveré, Charlie. Y cuando vuelva, créeme, habré encontrado una solución.

–¿Una solución?

¿Qué clase de solución? ¿Creía que aquél era un problema económico que podía resolver llamando a su consejo de administración?, se preguntó.

Pero se sintió aliviada al ver que no corría escaleras arriba para llevarse a Gina. Aunque sabía que había llegado el momento de hablarle a la niña de su padre...

Claro que Gina había hecho preguntas en el pasado, pero no demasiadas. Era feliz con ella y Charlotte había decidido esperar para contarle a su hija quién era y cómo había llegado al mundo.

Durante los días siguientes, sin embargo, estuvo angustiada. Esperaba que Riccardo y su abogado aparecieran de un momento a otro, exigiendo la custodia de la niña. Aunque sabía que eso no podía ser. Claro que Riccardo podía conseguir cualquier cosa... o al menos ésa era la impresión que daba.

Al final, llamó a Aubrey y le contó su problema. Quería que la consolase, que calmara sus miedos, pero no fue suficiente. Tenía que averiguar qué estaba tramando Riccardo.

–Aubrey, tengo que saber dónde está. Tengo que ponerme en contacto con él.

–Muy bien, yo me encargo de todo, no te preocupes.

Dos horas después tuvo la información que necesitaba. Durante todos aquellos años podrían haberse encontrado en cualquier momento. Había vivido su vida sin saber que el peligro estaba a la vuelta de la esquina. Porque Riccardo tenía oficinas en Londres, no muy lejos de su agencia. Seguramente se habrían encontrado mucho antes si ella hubiera llevado una vida social más o menos normal. Pero no la había llevado nunca. Sólo cuando Gina se hizo un poco mayor. Cuando conoció a Ben.

Tuvo que reunir valor para tomar al toro por los cuernos y enfrentarse a Riccardo. Mientras se vestía para una reunión que nunca había anticipado, intentaba controlar los nervios.

Había enviado a Gina al colegio con una chocolatina además del bocadillo. No sabía por qué. Quizá para pedirle disculpas.

No sabía si Riccardo estaría en la oficina o no y cuando el taxi la dejó frente al elegante edificio casi deseó que no estuviera, que se hubiera ido a China, por ejemplo.

Pero si estaba allí, con toda seguridad la recibiría de inmediato. Era un poco como el conejo entrando en la guarida del león.

Una analogía en la que no debería haber pensado, decidió en cuanto la recepcionista le dijo que el señor di Napoli la recibiría de inmediato.

Más que eso, su secretaria personal iría a buscarla al vestíbulo. La chica de recepción miro a Charlotte con renovado respeto. Quizá aquella joven rubia con el aburrido traje de chaqueta era más interesante de lo que parecía a primera vista, debía de pensar.

El aburrido traje de chaqueta de Charlie había sido cuidadosamente planeado. El propósito era mostrarle a Riccardo que en lo que se refería a Gina, iba completamente en serio, pero que no quería atacarlo. Por eso había elegido el color gris. Tenía que mostrarse firme, convencida.

Si pudiera calmarse un poco, pensó, mientras subía con la secretaria en el ascensor.

Pero era imposible. Riccardo la asustaba. Y algo más. Ojalá pudiera odiarlo, eso sería más sencillo. Pero Charlotte sabía que seguía sintiéndose atraída por él. Peor, sospechaba que nunca había dejado de sentirse atraída por él. Y ahora que había vuelto a aparecer en escena, esa atracción había aumentado.

Pobre Ben. Había quedado con él la noche anterior para decirle que debería pensar en buscarse otra chica.

–No te merezco –le había dicho–. Eres un hombre estupendo y necesitas una mujer que no tenga estas complicaciones.

–Quieres decir una mujer que no venga con un rival.

–¡No! ¿Riccardo un rival? No, de eso nada. Pero ahora mismo estoy metida en un lío y no es justo que tú estés en medio.

–A lo mejor es bueno que sepa lo de Gina.

–Si lo conocieras no dirías eso.

Se habían despedido como amigos y más tarde se preguntó si algún día podrían haber sido más que eso. Seguramente no.

El ascensor se detuvo y Charlotte se preguntó qué diría la amable secretaria de pelo gris si le contase la verdad: que había ido allí para discutir la custodia de una niña de ocho años, la hija secreta de Riccardo di Napoli. Seguramente su pelo gris se volvería blanco del todo.

El despacho de Riccardo estaba al final de un largo pasillo, a cada lado del cual había puertas que parecían indicar que la gente que había dentro era muy importante. Y la puerta doble que había al final, naturalmente, indicaba que quien trabajaba allí era el dueño de todo.

Y, por supuesto, el dueño de todo no haría algo tan normal como levantarse para recibirla. Estaría mirando a través de los ventanales que daban al centro de Londres. Mirando a todos esos pobrecillos que tenían que arrastrarse para ganarse la vida. Y eso era precisamente lo que Riccardo estaba haciendo cuando entró en su despacho.

«Qué predecible», pensó.

Charlotte oyó que la puerta se cerraba tras ella y respiró profundamente mientras Riccardo se volvía. Para él los últimos días habían sido los más confusos de su vida. Podía contar con los dedos de una mano las horas que había dormido.

Se había dado una semana para absorber la situación, para intentar entenderla y decidir qué iba a hacer. No confiaba en sí mismo. Sabía que no podía volver a casa de Charlie y discutir el asunto de forma civilizada. Ahora se alegraba de que ella hubiera ido a verlo porque al menos así estaban en su territorio.

–Sé que dijiste que te pondrías en contacto conmigo, pero ha pasado casi una semana y...

no puedo quedarme esperando a que tú encuentres una solución.

—Siéntate —dijo él, señalando una silla frente a su enorme escritorio de caoba–. ¿Y bien? ¿Qué has pensado?

—Mira, no quiero hablar del pasado. Sé lo que sientes, sé que crees que debería haber ido a Italia embarazada para decirte que estaba esperando un hijo, pero las cosas no son tan sencillas. Entonces yo tenía dieciocho años y era una cría desilusionada y muerta de miedo... pero supongo que tú seguirás pensando que debería haber ido a Florencia para aceptar lo que hubiera decidido tu madre sobre mi futuro.

Riccardo hizo una mueca. Dicho así casi podía sentir simpatía por ella. De hecho, dicho así empezaba a no gustarle nada el hombre que había sido en el pasado.

Debió de haber sido horrible para ella aparecer sin avisar y encontrarse con aquel rechazo. Claro que ésa no era excusa para haberle negado sus derechos como padre, pero casi empezaba a entender su punto de vista.

—Pero no lo hice y sí, es verdad que pensé muchas veces ponerme en contacto contigo cuando Gina nació —siguió Charlie.

—Pero conseguiste matar esa tentación.

–«Tentación» no es precisamente la palabra que yo usaría –replicó Charlotte–. Pensaba que era mi deber, pero luego... en fin, cada día me resultaba más difícil. Imaginaba cómo reaccionarías tú, qué diría tu madre... y decidí que lo mejor sería olvidarme del asunto.

–¿Habrías encontrado valor alguna vez o le habrías contado a Gina que su padre había muerto?

Charlotte lo miró, horrorizada.

–¿Qué clase de persona crees que soy?

–La clase de persona que toma el camino más fácil.

–¿Tú crees? ¿Tú crees que fue fácil para mí tener a mi hija y criarla sola? –suspiró Charlotte–. En cualquier caso, estaba dispuesta a contarle la verdad cuando empezase a preguntar...

–¿Para qué has venido, Charlie?

Ella respiró profundamente.

–Creo que soy yo quien debería contarle a Gina quién eres. Y luego podrás conocerla. Porque imagino que querrás conocerla...

Charlotte tenía visiones de Riccardo convirtiéndose en una especie de figura paterna, un hombre que no querría saber nada de ella, pero que quizá, con un poco de suerte, podría hacer su papel de padre con Gina.

–No pienso poner obstáculos para que la veas. Podemos negociar cómo y cuándo, pero pienso ser generosa. Y no quiero dinero. Hace ocho años tu madre me acusó de ser una buscavidas, aunque le expliqué que yo no sabía quién eras...

–¿Cuándo?

–Cuando me llevó a la habitación.

–Yo no sabía eso.

Charlotte se encogió de hombros.

–Ya da igual. Quiero que entiendas que no quiero nada de ti. Ni un céntimo.

Su madre había hecho más daño del que él creía. ¿Qué más le habría dicho? ¿Cuánto daño le habría hecho sin que él lo supiera?

–Muy bien. Entonces, ¿puedo ver a mi hija una vez por semana? ¿Dos veces por semana? ¿Cuando esté en Londres? ¿Cuánto tiempo podré verla, un par de horas después del colegio? Aunque supongo que tendrá deberes que hacer...

–Tenemos los fines de semana –le recordó Charlotte–. Podrías verla dos fines de semana al mes.

–Salvo cuando tenga exámenes, supongo. O cuando tengas que llevártela a algún sitio. O cuando vaya de campamento...

—Riccardo, ¿por qué te estás poniendo difícil? Esto funciona para mucha gente.

Él se levantó para acercarse a la ventana.

—Para mí no. Para mí no funciona, Charlie.

—¿Por qué no?

—Yo no quiero ser uno de esos padres a tiempo parcial. De ésos que intentan crear un lazo con su hijo teniendo que mirar el reloj continuamente. Y no pienso dejar que otro hombre críe a mi hija.

Charlotte tardó un momento en darse cuenta de que estaba hablando de Ben. Abrió la boca para protestar, pero Riccardo no le dejó decir nada.

—Gina es mi hija, de modo que llevará mi apellido y tendrá todos los privilegios que le corresponden.

—¿Qué estás diciendo?

—Que vamos a casarnos. De esa forma veré a mi hija todos los días y seré un padre de verdad para ella.

Charlotte lo miro, atónita.

—Lo dices de broma, claro.

—¿Por qué iba a decirlo de broma?

—Porque es una sugerencia ridícula.

—Para ti es posible, pero no para mí. Yo puedo darle a Gina todo lo que quiera. Y, a la vez, po-

dré cumplir con mi obligación como padre, tomar parte en las decisiones que afecten a su
vida. Cuando nos casemos no tendrás que trabajar, puedes quedarte en casa cuidando de la
niña. Y no me mires así...

–¿Cómo no voy a hacerlo? ¿De qué estás
hablando?

–Tú seguirías siendo su madre. Seguirás haciendo lo que has hecho hasta ahora.

–O sea, que tengo que cambiar mi vida de
arriba abajo sólo para que tú te salgas con la
tuya.

–No tiene sentido discutir, Charlie. Vamos a
casarnos.

–¿Cuándo te has vuelto así, Riccardo?

–¿Así cómo?

–Así, arrogante, intransigente. Crees que puedes conseguir todo lo que quieras con sólo mover un dedo.

Él apartó la mirada.

–¿Por qué dices eso? ¿Porque no creo en la
teoría de que los hombres deben llorar? Eso no
me convierte en arrogante. Mi solución es la
mejor para todos.

–¡Tu solución es absurda! –le espetó Charlotte, levantándose de golpe–. Sé que crees
que te he privado de tu hija, pero no dejaré que

me robes la vida porque quieres crear una familia falsa.

–¿Robarte la vida?

–¡Sí, Riccardo! La vida que me ha costado
tanto levantar –replicó ella–. Casarse por un
hijo puede que sea la manera italiana de hacer
las cosas. Pero no es mi manera.

Capítulo 6

RICCARDO observó la botella de vino que parecía mirarlo con reproche desde la encimera de granito negro de la cocina. Un poco de alcohol para armarse de valor, algo que no había necesitado nunca, pero que ahora necesitaba porque estaba a punto de ver a su hija por primera vez.

Después de que Charlie rechazase su propuesta de matrimonio, algo que lo había dejado completamente estupefacto, se había marchado de la oficina sin decir una palabra más. Y él se quedó donde estaba, aprisionado por su propio orgullo, que le impedía ir tras ella para suplicarle que reconsiderase su decisión.

Cuatro horas después la había llamado por teléfono para decirle que respetaba su decisión, pero exigió que le hablase de él a la niña.

—Claro que voy a hacerlo. Y puedes venir a visitarla mañana, después del colegio. No quiero pelearme por esto, Riccardo.

–Qué generosa –dijo él, irónico.

Pero habían llegado a un acuerdo y ahora estaba más nervioso que nunca. Suspirando, tomó la gabardina del sofá y se dirigió a la puerta.

Tenía un chófer a su disposición veinticuatro horas al día, pero decidió tomar un taxi. George era un conductor fabuloso y un hombre muy discreto, pero... ¿una hija secreta? Eso sería llevar la tentación demasiado lejos, pensó. Riccardo tenía que acostumbrarse a la idea antes de abrir la puerta a los inevitables cotilleos.

Por el camino, mirando las oscuras y tristes calles de Londres, intentó calmarse. Lo primero sería eliminar a su prometido. Bueno, no eliminarlo literalmente, sino convencer a Charlie de que cortase con él. No pensaba compartir a su hija con otro hombre y eso era algo que ella tendría que aceptar.

Aunque convencer a Charlie de algo no era tarea fácil. ¡Rechazar su proposición de matrimonio... dejarlo con la palabra en la boca!

Bueno, el prometido sería algo del pasado aunque tuviera que acampar en su casa y supervisar sus movimientos como una niñera. Sí, ésa podría ser buena idea.

El taxi se detuvo delante de la casa y Riccardo tragó saliva. Estaba tan nervioso como un niño a punto de entrar en el despacho del director del colegio. Nunca le había ocurrido nada parecido. Claro que nunca antes había descubierto que tenía una hija de la que no sabía nada.

Le había comprado un peluche enorme. ¿Qué otra cosa podía comprar para una niña a la que no conocía a pesar de ser su padre?

Se sentía completamente idiota y absolutamente aterrado mientras llamaba al timbre y esperaba encontrarse con su hija.

Charlotte abrió la puerta y tras ella estaba Gina.

–¿Qué es eso? –preguntó, señalando el perro de peluche con cara de susto. En realidad, era una cosa enorme con las patas colgando, como si de repente se hubiera quedado dormido.

–Es un muñeco.

–Gina, ven a conocer...

–Te he traído esto –dijo Riccardo.

–Es muy bonito, ¿verdad, Gina? Es el muñeco de peluche más grande que he visto nunca. Es casi tan grande como tu habitación. ¿Dónde vamos a ponerlo? –preguntó Charlotte, mirándolo con cara de pocos amigos–. Deberías darle las gracias a... a...

–Papá –dijo la niña. De repente sonrió y Riccardo se sintió absurdamente feliz. Nada que ver con la felicidad de cerrar un trato o de un balance de beneficios. Era otro tipo de felicidad. Algo completamente nuevo para él.

–¿Por qué no subes a tu habitación y le enseñas... a tu padre dónde vas a poner el perro?

Fue tan fácil como eso. La puerta se cerró tras él, Riccardo se quitó la gabardina y siguió a su hija escaleras arriba.

Charlotte le había hablado a Gina de su padre, pero había dejado tantas cosas por contar que era un milagro que no se hubiera atragantado con su propia historia. Pero Gina no le había hecho demasiadas preguntas. Los niños eran así a veces. Cuando se trataba de algo importante, lo aceptaban sin cuestionar. Y aquello era muy importante.

Charlotte cerró los ojos y se apoyó en la barandilla de la escalera. Unos minutos después, subió a la habitación. Gina le estaba enseñando su consola, que había sido el regalo de cumpleaños, explicándole cómo funcionaba mientras Riccardo la escuchaba con expresión fascinada.

Charlotte observó la escena durante unos segundos desde la puerta y luego se aclaró la garganta.

–Se me ha ocurrido que estaría bien salir a cenar.

–¿Patatas fritas y hamburguesas? –sugirió Gina–. ¿Te gustan las patatas fritas con hamburguesas, papá?

«Papá». Le resultaba tan nuevo, tan... emocionante.

–Me encantan.

–Buen intento –bromeó Charlotte–. Estoy intentando limitar la ingesta de grasa y Gina lo sabe, así que iremos al italiano de la esquina. Hacen una pizza de tomate y albahaca muy rica.

–Mi madre odia la comida basura –suspiró Gina–. ¿A ti tampoco te gusta?

–¿La comida basura?

–Las hamburguesas y todo eso.

–No creo que tu padre haya comido eso en la vida.

–¿Nunca has comido comida basura? –exclamó Gina, mientras se ponía el abrigo.

Unos minutos después estaban en la pizzería de la esquina.

–¿Y qué comes entonces? –insistió la niña, tomando la carta como si fuera una adulta.

–Todo tipo de cosas –contestó Riccardo–. Pero casi siempre como fuera de casa.

–¿Y eso no es muy caro?

–¡Gina, por favor!

–Mi madre dice que no estás casado. ¿Tienes novia?

–Pues... no.

La niña sonrió, triunfante, mirando de uno a otro.

–Bueno, vamos a dejar el tema ahí –sugirió su madre.

Más tarde, con una emocionada y nerviosa Gina en la cama, Charlotte salió de su habitación y encontró a Riccardo en la cocina, mirando los dibujitos de la nevera.

–Creo que tenemos que hablar.

–¿De qué? –preguntó ella, nerviosa.

–¿Por dónde empiezo?

–Espero que no empieces con acusaciones.

–Entonces, vamos a hablar de ese prometido tuyo.

–Muy bien, pero...

–Nada de peros, Charlie.

Riccardo pensó en la risa de su hija, en su forma de andar, en su forma de sonreír, en cómo se erguía cuando estaba hablando de algo serio. Cuando pensaba en otro hombre compartiendo esos momentos se ponía enfermo.

–Has evitado que conociera a mi hija durante ocho años y no quieres casarte conmigo. Yo no puedo obligarte...

–Estaría bueno.

Riccardo hizo una mueca.

–Mira, esta noche ha sido una de las más difíciles de mi vida. He tenido que mirar a mi hija pensando en todo lo que me he perdido durante estos años –murmuró, pasándose una mano por el pelo–. No voy a permitir que otro hombre cuide de ella. Tienes que librarte de ese tal Ben.

–¿Y si no qué? –le preguntó Charlotte, cruzándose de brazos.

–¡Si no, me vendré a vivir aquí y acamparé en tu salón! ¿Te gustaría eso? ¿Te gustaría tener mi ordenador en tu mesa de la cocina? ¿Mis zapatos en la escalera? Sé que a Gina no le importaría...

–No serás capaz.

–¿Cómo crees que reaccionaría si le preguntase qué le parece que su madre y su padre vivan juntos?

–Dos adultos responsables no le preguntan a un niño lo que deben hacer con sus vidas –replicó Charlotte.

–No, ya lo sé. Y sé que no sería justo, pero

estoy dispuesto a hacerlo. Sé que es un golpe bajo, pero estoy dispuesto a todo, Charlie.

–Pero eso es absurdo...

–Rompe con Ben –insistió Riccardo, abriendo la nevera para sacar una botella de vino.

–Estás en tu casa –dijo ella, irónica.

–Pienso hacerlo. ¿Dónde tienes las copas?

Charlotte levantó un brazo para sacarlas del armario y el jersey que llevaba se levantó, mostrando su ombligo. Riccardo tuvo que apartar la mirada.

–¿Crees que es lógico que cambie mi vida por ti? ¿Te parece normal que corte con un hombre que se ha portado tan bien conmigo?

–¿Que se ha portado tan bien contigo? –repitió Riccardo–. Eso lo dice todo, Charlie.

–¡Deja de llamarme así!

–¿Por qué? ¿Te recuerda demasiado a la época en la que no podíamos apartarnos el uno del otro?

De repente, fue como si todo el oxígeno de la cocina hubiera desaparecido. Una sensación erótica, prohibida, pareció abrumarlos a los dos y a Charlotte le temblaba la mano mientras dejaba las copas sobre la mesa.

–¿Vas a casarte con un hombre porque se ha portado bien contigo?

–No puedo decir eso de todos los hombres de mi vida –contestó ella–. Además, el afecto es muy importante en una relación. Claro que tú no sabes nada de eso.

–También lo es la pasión. Y de eso sí sé algo.

–Ah, por cierto, hablando de pasión. ¿Dónde está la rubia tonta ésa con la que fuiste al club? –sonrió Charlotte.

–¿Por qué crees que es tonta?

–Ah, perdona, ¿es físico nuclear?

–No –contestó Riccardo–. De hecho, no creo que sepa escribir esas palabras sin faltas de ortografía. Y ya no estoy con ella.

–¿En serio?

–En serio. Y cortar con ella fue mucho más difícil de lo que debería... gracias a ti.

–Lo siento, no pude resistirme. No deberías haberme molestado en el club.

–Pero tenía que hacerlo. Tenía que vigilar a la competencia.

–Ben no es la competencia. O, más bien, tú no eres competencia para él.

Riccardo apretó los dientes. No podía entender qué veía en aquel hombre.

–Mira, no tenemos que casarnos... inmediatamente. Pero deberíamos vivir juntos. De esa forma, Gina tendrá la familia que no ha tenido durante ocho años.

—¡No!

—¿Por qué no? ¿Ese hombre vive contigo?

—No, Ben no vive con nosotras.

—Entonces, ¿cuál es el problema?

—¿Es que no lo entiendes, Riccardo? Sí, es importante que Gina tenga un padre y una madre. Y ahora que te ha conocido, casi me alegro. Pero tienes que ver esto desde el punto de vista de una persona divorciada envuelta en una situación de custodia. Eso es lo que es... nada de matrimonio, nada de vivir juntos. Tienes que ser razonable.

—¿Por qué?

—No quiero casarme contigo sólo por la niña. Dos personas se casan o se van a vivir juntas por amor, por respeto, por cariño. Por el deseo de estar juntos. No puede ser una circunstancia obligatoria. Eso sería terrible para todos, sobre todo para Gina. Cuando me case, lo haré por amor y sólo por eso.

Riccardo apartó la mirada.

—La mayoría de los matrimonios acaban en divorcio. La gente cree que todo va a ser un cuento de hadas y, al final, no saben lidiar con la realidad. ¿Qué tiene de malo un acuerdo entre dos personas que tienen una hija en común? Para mí tiene sentido...

–Para mí no. Y no quiero seguir discutiendo sobre esto, Riccardo. No quiero casarme contigo y no quiero vivir contigo.

–Hubo una vez en la que eso te habría encantado.

–Eso fue hace mucho tiempo –replicó ella–. Entonces era una persona diferente y tú también. Los dos hemos cambiado.

–¿Quieres decir que tú te has convertido en una adulta responsable que ha decidido mantener una relación con un hombre por el que no siente nada?

–Ben es un hombre maravilloso.

–No digo que no lo sea. Lo que digo es que tú no sientes nada por él. ¿No dices que quieres amor?

Charlotte apretó los dientes.

–A mí me gusta la gente buena, Riccardo. La gente seria.

–¿Porque es lo más seguro?

–Por la razón que sea. Y sí, Ben es una persona seria. ¿Qué hay de malo en eso?

–Nada, pero ahora mismo... –Riccardo se inclinó hacia ella–. La vida es poco convencional, ¿no te parece? Y las situaciones poco convencionales piden a gritos medidas poco convencionales. Además... lo que hubo entre nosotros fue una gran pasión. ¿Quien sabe si sigue ahí?

–No seas ridículo –murmuró Charlotte, apartándose un poco.

Sólo era una manera de convencerla, pensó. De salirse con la suya a toda costa.

–¿Cuándo quieres venir a ver a Gina?

–Sigues sin decirme lo que piensas hacer con tu novio.

–No pienso poner mi vida patas arriba sólo para que tú te salgas con la tuya. Puede que te rías de Ben porque no es como tú, pero podrías pensar que él es justo lo que yo necesito. Y lo que deseo.

–Ah, qué interesante. Porque no pareces nada convencida de lo que dices. Te has puesto colorada.

–¿Y qué esperas? ¿Crees que ésta es una conversación agradable para mí?

–¿Sabes una cosa, Charlie? Creo que sigue habiendo algo entre nosotros –murmuró Riccardo, alargando una mano para acariciarla. Charlotte se apartó de golpe. El roce de su mano había hecho que le ardiese la cara.

–No hagas eso.

–¿Por qué no?

–Vete, Riccardo. Te llamaré dentro de unos días.

–Estás temblando. ¿Por qué? ¿Ese novio tuyo te hace temblar así? –murmuró él, acercándose un poco más–. Recuerdo el olor de tu piel... de Italia, de aquel verano.

–¡No!

Charlotte había querido que fuese una orden, pero en lugar de eso había sonado como una súplica. Nerviosa, puso una mano en su torso, pero fue un error, porque enseguida se sintió invadida por los recuerdos.

–¿Por qué no? ¿Tienes miedo?

–No puedes venir a mi casa y hacer lo que te dé la gana...

–No, pero me alegraría hacer lo que te diese la gana a ti –la interrumpió él. Era increíble descubrir cuánto la deseaba. Cuánto la había deseado desde que la vio.

Sí, le había dado la espalda ocho años antes porque no estaba preparado. Porque entonces estaba convencido de que no quería una relación seria con ninguna mujer. Pero nunca había logrado reemplazar a Charlie. Debería haberla olvidado y, sin embargo... jamás había tenido una relación seria con ninguna otra mujer. Aunque su madre insistía en ello cada día, no lo había hecho. En lugar de eso salía con unas y con otras, siempre con mujeres que no podrían ocupar un lugar en su corazón. Y allí estaba otra vez, con Charlie.

Charlie.

Riccardo se inclinó para rozar sus labios. Y ella no se apartó. No le devolvió el beso, pero no se apartó.

Aquello era una locura. Charlotte deseaba apretarse contra su pecho, besarlo hasta perder la cabeza. En lugar de eso lo apartó con la mano. Tenía que ser madura, tenía que ser fuerte.

–Mañana –dijo Riccardo.

–¿Mañana?

–Te llamo mañana.

Riccardo di Napoli, acostumbrado a salirse siempre con la suya, a dar órdenes, entró en el taxi sintiendo más miedo que nunca en toda su vida. Charlie no quería casarse con él y se mostraba muy convencida de ello. Aunque había dejado que la besara... ¿por qué?

Podría terminar siendo uno de esos padres que sólo veían a sus hijos un par de veces al mes, de los que los llevaban a un restaurante e intentaban mantener una conversación. De los que intentaban ser parte de sus vidas sin conseguirlo. Y ésa era una idea que le aterrorizaba.

Y, al final, Ben, el que cocinaba para Charlie, el hombre amable y bueno, entraría en su casa y se convertiría en el verdadero padre de Gina. El que la vería crecer, el que la ayudaría con sus problemas...

No ocurriría de golpe, sino poco a poco. Charlie haría todo lo posible para que él se llevara bien con la niña. No porque quisiera sino porque quizá se sentía culpable a pesar de todo. Pero Riccardo conocía bien la naturaleza humana y sabía que las buenas intenciones duraban poco y el sentimiento de culpa menos.

De modo que no tenía alternativa. Debía convencerla de que se casara con él. Como fuera.

Lo bueno del dinero era que podía comprar cosas que uno no puede ver o tocar. Un par de llamadas y Riccardo había hecho los arreglos necesarios para que llevasen su oficina a casa de Charlie.

Podría haberlo solucionado todo con su ordenador personal, pero eso parecería una solución temporal, de modo que decidió llevárselo todo, incluida una línea de teléfono particular y una línea de alta velocidad para Internet.

Llamó a Charlie a la oficina al día siguiente y le dijo que se encontrarían en su casa en una hora.

Al otro lado del hilo, Charlotte preguntó para qué quería verla con tanta prisa, pero Riccardo ya había colgado.

Y no estaba preparada para lo que vio: una furgoneta, hombres con mono de trabajo sacando muebles. Y Riccardo en medio de todo eso.

—¿Se puede saber qué significa esto?

—Ya sé que es un poco de lío, pero enseguida habrán terminado. En cuanto entremos lo conectarán todo...

—¿Qué?

—No podemos entrar en la casa sin la llave.

Charlotte sacó la llave del bolso sin pensar y Riccardo se la entregó a uno de los hombres.

—¿De qué estás hablando?

—Mira, tengo una idea. Vamos a buscar a Gina al colegio y luego iremos a algún sitio divertido.

—¿Quieres decirme qué haces aquí y qué significa esa furgoneta? ¿Quiénes son esos hombres?

Riccardo detuvo un taxi y prácticamente la empujó dentro.

–Vamos a buscar a Gina.

–Pero...

–Venga, luego te lo cuento.

Charlotte fue protestando durante todo el camino, pero enseguida llegaron al colegio de la niña.

–Vuelvo en cinco minutos. Y cuando vuelva espero que tengas una respuesta para mí.

–Sí, señora –sonrió Riccardo.

Ella dejó escapar un suspiro. Sí, su vida había sido un poco aburrida durante aquellos ocho años, falta de algo tan vital como el amor. Pero esencialmente tranquila.

Y eso estaba bien. ¿O no?

Capítulo 7

GINA se mostró, como era de esperar, encantada al saber que iba a saltarse la clase de matemáticas. Y más que encantada al saber que iba a pasar la tarde con Riccardo. Con su padre.

Charlotte miró a la niña y tuvo que sonreír. Era sorprendente lo fácil que le había sido acostumbrarse a la idea de que tenía un padre. Había aceptado la historia que ella le había contado sin discutir. Si hubiera tenido un par de años más, estaba segura de que todo habría sido diferente.

Pero cuando veía a su hija tan feliz no podía dejar de sentirse culpable.

Riccardo estaba esperando en el taxi y en cuanto subieron Gina sonrió de oreja a oreja. Riccardo le preguntó dónde quería ir porque, según él, estaban «trabajando» en la casa y aún no podían volver.

–¿Trabajando? –repitió Charlotte–. Espero que eso no signifique algún regalo absurdo...

Empezaba a imaginar gigantescos muñecos de peluche, pantallas de televisión. Algunas veces los padres ricos podían ser muy poco prácticos y Riccardo, que se veía a sí mismo como la víctima en aquella historia, podría tomar el camino equivocado. Aunque ella no pensaba permitirlo, claro.

–Los regalos son para ocasiones especiales. ¿Verdad, Gina? Navidades, cumpleaños... una recompensa cuando saca muy buenas notas.

–Sí, mamá –suspiró la niña, muy poco convencida.

–Me parece muy bien –asintió Riccardo–. Es absurdo comprar cosas para los niños sólo porque puedes hacerlo. Les quita la motivación para hacer cosas y no les enseña el valor del dinero.

Gina suspiró, resignada.

–Entonces, si lo que está pasando en la casa no tiene que ver con Gina...

–Pero yo no he dicho que no tenga que ver con ella. Bueno, ya hemos llegado –sonrió Riccardo–. Mira, ¿ves ese edificio? –le preguntó, señalando un spa–. Tienen una piscina estupenda. ¿Te apetece nadar un rato?

–¡Pero no he traído el bañador!

–Con un poco de suerte, podremos comprar uno dentro. Tienen una tienda.

–Riccardo...

–Hablaremos enseguida.

–Muy bien –murmuró Charlotte, enfadada–. Muy bien, ya ha pasado el minuto. ¿Qué estamos haciendo aquí?

–Este sitio no es mío. Aunque admito que sólo se puede entrar si eres socio...

–No me refiero a eso.

–En fin, yo habría preferido que fuera una sorpresa, pero... –Riccardo se inclinó para mirar a su hija a los ojos–. Gina, tu mamá te ha tenido para ella durante ocho años. No fue culpa suya, pero ahora yo estoy aquí y me gustaría mucho vivir con vosotras. Me gustaría mucho verte todos los días.

Gina le echó los brazos al cuello. Sobre su cabeza, Riccardo oyó un sonido estrangulado, pero decidió no hacer caso. Sentir los bracitos de su hija lo llenaba de una sensación desconocida.

–¡Un momento! –exclamó Charlotte.

–¡Papá va a vivir en casa!

–Gina... me parece que tu papá no lo ha pensado bien.

–¿Qué quieres decir, mamá?

–Quizá deberíamos sentarnos para discutir esto. ¿No te parece?

La niña, muy bien educada, asintió con la cabeza.

–Sé que te gustaría que Riccardo viniera a vivir con nosotras, pero eso no es posible, cariño. Y estoy segura de que él estará de acuerdo en cuanto me haya escuchado.

–Pero todas mis amigas tienen un papá.

–Y tú también lo tienes, cariño.

–Pero sus papás viven con ellas.

–Sí, bueno... cada uno tiene circunstancias diferentes –insistió Charlotte–. Estoy segura de que a tu padre le gustaría vivir con nosotras, pero él es un hombre muy ocupado. Tiene que llevar su empresa y no puede hacerlo desde una casa tan pequeña –añadió, mirándolo a los ojos.

–Claro que puedo.

Ella lo fulminó con la mirada.

–¿Cómo que puedes?

–Tu madre tiene razón, Gina. Tengo que llevar una empresa muy grande. Ésa es la razón por la que no deberíamos volver a casa de inmediato.

–¿Por qué?

–Porque hay unos hombres colocando mis cosas allí ahora mismo.

–¿Qué?

–Están colocando mi mesa, mi ordenador, mi teléfono, mi fax...

Charlotte tuvo que hacer un esfuerzo para no ponerse a gritar. ¿Cómo se atrevía? ¿Cómo se atrevía a invadir su territorio, su vida, sin pedirle permiso?

–No puedes hacer eso, Riccardo.

–Puedo hacerlo y lo voy a hacer –replicó él, tomando a Gina de la mano para entrar en el spa–. Gina, ve a comprarte un bañador...

–Pero no tengo dinero.

Riccardo sacó unos billetes del bolsillo.

–Toma.

Cuando la niña entró en la tienda, Charlotte lo fulminó con la mirada.

–¡Llamaré a la policía!

–¿Para decirles qué? ¿Que el padre de Gina quiere compartir la casa con su hija?

–¡Es *mi* casa!

–Que incluso estaría dispuesto a comprarle a su familia una casa más grande para disfrutar del sencillo deseo de tener una familia.

–¿Desde cuándo has hecho tú algo que pudiera ser considerado sencillo?

«Una vez te quise». El pensamiento apareció en la mente de Riccardo y desapareció enseguida, dejándolo momentáneamente sorprendido. Entonces recordó que ese tiempo había pasado y la mujer que estaba delante de él sólo era la madre de su hija. La mujer que quería interponerse entre Gina y él.

–No discutas conmigo, Charlie.

–¿Cómo? ¡Eres el hombre más arrogante y más engreído que he conocido en toda mi vida!

–Lo tomo como un cumplido –dijo él.

–¿Dónde crees que vas a dormir?

–En el dormitorio de invitados. Para empezar.

–¿Para empezar?

–Puede que decida ampliar la casa, aunque sería mejor mudarnos a una más grande. Y tú tienes el trabajo perfecto para encontrarla. ¿Por qué no lo piensas? De esa forma no te molestaría tanto...

–¡No puedes hacerme esto!

Riccardo dejó escapar un suspiro.

–¿Otra vez vamos a discutir? Estás luchando contra lo inevitable, Charlie.

Gina volvió entonces con dos bañadores en la mano. El de Charlotte, de color azul... y diminuto. Pero Charlotte decidió que prefería verlos nadar desde las gradas.

Riccardo se dedicó a tirar a la niña al aire, a colocarla sobre sus hombros... No miró a Charlotte ni una sola vez. Pero ¿por qué iba a hacerlo? Había conseguido lo que quería después de todo.

Aquella tarde fue una pesadilla. Cenaron en un restaurante, con Riccardo haciendo el papel de padre encantador, y cuando volvieron a casa, a Charlotte le dolía la cara de disimular.

Pero, como había prometido, el trabajo estaba hecho. Todo estaba perfectamente colocado por su ayudante personal, le había contado luego. Y, afortunadamente, Gina estaba agotada. Demasiado agotada como para que le leyesen un cuento.

De modo que Charlotte y Riccardo se quedaron solos.

—No puedo creer que hayas hecho esto.

—¿Por qué no intentas llevarme la corriente? No creo que sea tan horrible.

—¿Cómo? ¿No nos caemos bien y, sin embargo, debo estar contenta de vivir contigo?

Por alguna razón, eso le dolió.

—Si te consuela, mi rutina en la oficina será la de siempre.

—¿Qué significa eso?

—Que sólo estaré en casa por las noches, pero si este arreglo no funciona, me lo pensaré.

—¿Qué quieres decir?

Riccardo se encogió de hombros.

—Que nos pondremos de acuerdo para compartir la custodia de Gina y yo tendré que conformarme con la idea de no estar todos los días con mi hija.

—Deberías haber pensado eso en lugar de embarcarte en esto. Eso es lo que habría hecho un hombre maduro.

—Voy a darme una ducha —suspiró él—. Si me necesitas estaré trabajando en mi habitación.

Riccardo cerró la puerta del salón, dejando a Charlotte angustiada y nerviosa. Aunque al menos había aceptado marcharse de allí si las cosas no funcionaban. Y no funcionarían, naturalmente.

Riccardo y ella no se gustaban. Había demasiados problemas, demasiada amargura, quisiera admitirlo él o no.

Pero...

Había habido momentos en la piscina en los que Charlotte olvidó su rabia y experimentó lo que podría haber sido la vida si fueran una familia de verdad. La risa de su hija, otra persona compartiendo sus problemas. Sería muy fácil acostumbrarse a aquello...

Nerviosa, salió del salón. Era una casa pequeña. Sólo tres dormitorios y un cuarto de baño... y Riccardo estaba en él. Pero no oía el ruido de la ducha y había luz bajo la puerta de su habitación. Al menos durante unos días tendría que acostumbrarse a tenerlo allí, pensó.

Suspirando, abrió la puerta del baño...

Riccardo, desnudo y afeitándose delante del espejo, se quedó helado al verla.

—¡Riccardo!

—¿Qué pasa? Me has visto desnudo antes.

Charlotte apretó los labios.

—¿Qué haces aquí?

—¿Querías usar el baño?

—¡Pues sí, quería darme una ducha!

—¿Por qué me miras así?

Ocho años antes también se había puesto colorada como una cría. Como estaba haciendo ahora. Riccardo había salido con mujeres dispuestas a hacerlo todo. Mujeres que nunca habían parecido desear que se las tragase la tierra.

—¿Hay algo en mí que no te guste?

—¡No pienso mantener una conversación contigo así... desnudo!

—¿Por qué no?

–¡Estamos en un cuarto de baño!

–¿Y desde cuándo eres tan convencional? Si no recuerdo mal, nunca te importó dónde lo hiciéramos...

Charlotte miró hacia atrás, asustada de que Gina pudiera oírlos.

–Tengo una hija pequeña. Y, si no te importa, cierra la puerta con llave cuando estés desnudo.

–Perdona, no me he dado cuenta.

–Ésta es mi casa. Puede que tú te hayas atrincherado en ella durante unos días, pero sigue siendo mi casa. Y mientras estés bajo mi techo, te portarás como un hombre adulto. Gina no pidió venir al mundo sin un padre y estoy haciendo esto para darle una oportunidad de tener algo parecido a una familia. Por nada más. ¿Lo entiendes?

–Muy bien, de acuerdo. Pero dime una cosa, Charlie. ¿Dices eso porque ahora te llamas Charlotte y tienes una vena puritana que no tenías antes o porque tienes miedo de que yo haga esto?

Riccardo dio un paso adelante y la besó. No un beso suave, sino uno fiero, urgente y hambriento, apretándola contra la pared.

Charlotte podía sentir la dureza de su erección entre las piernas y, sin pensar, levantó las manos y las enredó en su pelo mojado. Y cuando Riccardo la apretó contra él no se resistió. No podía hacerlo. Era como si hubiera esperado aquel momento durante ocho largos años.

Para Charlotte nada había sido tan maravilloso como aquellos momentos. Pero, claro, nadie la había tocado como él. Esas manos que le resultaban tan familiares eran el paraíso.

Sin decir una palabra, Riccardo metió la mano por debajo de su jersey y apartó el sujetador. Sus pechos, suculentos como fruta madura, parecían suplicarle que los tocase.

Y tuvo que hacer un esfuerzo para controlarse. No sabía cómo habían llegado a ese punto después de discutir, pero en aquel momento era como si los ocho años no hubieran pasado. Charlie era igual que entonces. Sus pezones tan rosados y tan definidos como antes. Los acarició con un dedo, disfrutando de sus gemidos de placer, y luego los metió en su boca, chupando, mordiéndolos suavemente.

Más tarde, le quitó el sujetador y los acarició con las dos manos. Estaba tan excitado que se puso de rodillas en el suelo del baño para levantar su falda. Y Charlotte se dejó hacer. Quería estar desnuda con él.

Riccardo sopló suavemente sobre los rizos rubios que cubrían su parte más íntima y ella enredó los dedos en su pelo, cerrando los ojos. Cuando Riccardo levantó la cabeza y vio que se arqueaba, su respiración agitada... metió la cabeza entre sus piernas como había hecho tantas veces y la saboreó; un roce lento que la hizo apretarse contra su cabeza. Recordando, empezó a moverse rítmicamente contra él arriba y abajo mientras la llevaba al orgasmo con su lengua. Pero cuando estaba a punto de terminar Riccardo se incorporó, dispuesto a penetrarla. Sólo entonces Charlotte abrió los ojos. Sólo entonces se dio cuenta de lo que estaba haciendo.

–No podemos...

–No te pares a pensar ahora.

–Eso es lo que nos metió en esta situación. Hacerlo sin preservativo.

¿Y si volviera a ocurrir? La idea dejó a Riccardo sin habla.

–Entonces tendremos que buscar uno.

–No tengo ninguno.

Una frase que despertaba más preguntas, pero no era el momento. Riccardo estaba ardiendo y tenía que hacerle el amor. En aquel preciso instante.

—Yo sí tengo.

Charlotte intentó sentir asco por un hombre que iba de un lado a otro con preservativos en el bolsillo, pero también ella estaba ardiendo. Sin decir nada, Riccardo la llevó a su habitación.

—Pero Gina...

—La niña está durmiendo —murmuró él, cerrando la puerta.

Y cuando Charlotte oyó el sonido del cerrojo, sintió una nueva oleada de deseo. No sabía por qué estaba haciendo aquello, quizá porque no lo había hecho en ocho años. Quizá porque nunca había dejado de pensar en él. Quizá porque la situación era irreal, absurda.

O quizá porque se había vuelto loca.

Riccardo no encendió la luz ni se molestó en echar las cortinas. La luz de la luna iluminaba la habitación y el cuerpo desnudo del hombre...

Automáticamente, Charlotte se quitó la blusa. El sujetador había quedado en el suelo del baño. Luego se quitó la falda y quedaron los dos desnudos, frente a frente. Riccardo le ofreció su mano para llevarla a la cama. Era una cama pequeña, pero para Charlotte era el sitio más romántico del mundo.

—¿Lo retomamos donde lo habíamos dejado?

—Esto es una locura.

—¿Para qué sirve la vida si uno no puede hacer una locura de vez en cuando? ¿Dónde estábamos?

—Estabas...

—¿Sí?

—Sigues tomándome el pelo, como siempre —murmuró Charlotte.

Riccardo le hizo el amor despacio, con dulzura, acariciándola por todas partes. Y cuanto más la tocaba más recordaba el pasado; casi como si su imagen hubiera estado siempre en su mente, como si no se hubiera borrado nunca. Incluso recordaba cómo se movía, cómo suspiraba. Y los ruiditos que hacía para expresar su placer.

—Bueno —dijo después, enredados el uno en el otro—. Dime que esto no puede salir bien, Charlie.

—Voy a tener que rendirme. No eres capaz de llamarme Charlotte.

Riccardo apartó el pelo de su cara.

—Charlotte parece demasiado... apropiado. Demasiado serio. Estamos a gusto juntos, ¿no?

—Estamos a gusto en la cama —replicó ella—. Y sigo teniendo que darme una ducha.

–Eso puede esperar.

–¿Por qué? Nada ha cambiado, Riccardo.

–Acabamos de hacer el amor –contestó él, sin dejar de acariciar su pelo–. ¿Lo has hecho...?

–¿Qué?

–Con Ben. ¿Has hecho el amor con él?

–No metas a Ben en esto –contestó Charlotte, apartándose un poco, como si su proximidad le molestase.

–¿Lo has hecho? No, olvídalo. Olvida que he preguntado. Ve a darte una ducha, Charlie. Tienes razón. Nada ha cambiado.

–No. No lo he hecho –suspiró ella–. No era ese tipo de relación.

–¿Y qué tipo de relación era entonces?

De modo que no estaba equivocado. No había pasión entre ellos, pensó, triunfante.

–Ya te lo he dicho. Después de lo que pasó entre nosotros me pensé mucho lo que quería de una relación y supe que no era sólo sexo. Daba igual que el sexo fuera tan... interesante, al final no vale de nada.

Acababa de estar en la cima del mundo y Charlie volvía a ponerlo en su sitio. No estaba interesada en él. Quizá no lo estaría nunca. Él no era un santo, pero tenía la impresión de que estaba encapsulada entre cuatro paredes de hielo.

–Mira, estoy dispuesta a poner a Gina por delante de todo lo demás. Voy a dejar que te quedes durante unos días para que podáis conoceros mejor. Pero tengo que poner una condición.

–¿Cuál?

–Que no volvamos a hacer esto nunca más –dijo Charlie, levantándose para buscar su ropa. Una vez vestida, lo miró, desnudo sobre la cama–. Ha sido un error. Supongo que era un error que los dos teníamos que cometer... pero esto ya no funciona para mí.

–¿Qué quieres decir?

Charlotte se encogió de hombros.

–El mismo Riccardo de siempre, el buen amante que no piensa más que en eso.

–¡Pero si te he propuesto matrimonio! –le recordó él.

¿Y dónde estaba el amor? ¿Por qué no hablaba de amor?

–No lo entiendes. Pero da igual. Como te he dicho, estoy dispuesta a pensar en Gina durante unos días. Nada más. Lo demás no es importante.

¿Qué no era importante?, pensó Riccardo

cuando salió de la habitación. ¿Lo que había pasado no era importante? ¿Cómo podía Charlie pensar que la atracción física que había entre ellos no era importante?

Suspirando, se llevó una mano a la cara. Charlie. Estaba empezando a pensar que Charlie había sido un error del que no se había recuperado nunca.

Pero el destino le había dado una segunda oportunidad y no pensaba meter la pata dos veces, porque había mucho en juego.

Capítulo 8

QUÉ ESTÁ pasando? –Charlie entró en casa a las siete y media y encontró a Riccardo esperándola. Aquello era desconcertante.

De hecho, las dos últimas semanas habían sido absolutamente desconcertantes para ella. Podría acusarlo de un montón de cosas, pero no podría acusarlo de no hacer un esfuerzo con Gina. Al contrario, se estaba mostrando como un padre increíblemente cariñoso y atento.

Había llevado a Gina al cine varias veces, eligiendo cuidadosamente las películas. Había soportado meriendas en hamburgueserías llenas de niños, ruidosos cumpleaños infantiles... Había jugado al *Monopoly*, la ayudaba a hacer los deberes, le enseñaba a cortar la carne de forma adecuada... en resumen, hacía todo lo que haría un padre cariñoso y dedicado.

Charlotte lo había observado todo a cierta

distancia, sorprendida, uniéndose a los juegos cuando le parecía necesario pero manteniendo la distancia para evitar que ocurriera lo que había ocurrido la primera noche.

Qué error, qué terrible error, pensaba, angustiada. Porque aquella noche había descubierto que nunca había dejado de amar a Riccardo di Napoli.

–Llevas mi delantal puesto.

–¿No me digas? No me había dado cuenta.

–Tienes un aspecto ridículo –sonrió Charlotte–. Ojalá tuviese una cámara. Éste es un momento que merece la pena guardar en el recuerdo.

–He hecho la cena.

–¿Qué?

–Gina está con una de sus amiguitas del colegio. Le he dado permiso para ir al cine con su madre, así que no volverá hasta las nueve. Pensé que no te enfadarías, como es viernes...

–Sí, bueno, me parece bien.

–Y como estamos solos, es una buena oportunidad para discutir... algún acuerdo doméstico, ¿no te parece?

–Ah, ya.

De modo que era eso. Ahora le diría que se marchaba de allí, estaba segura. Y la verdad era que se había acostumbrado a tenerlo en casa. Pero si pensaba que ponerse un delantal era la manera adulta de darle esa noticia se había equivocado.

Lo que no esperaba fue lo que encontró en la cocina. La mesa puesta, velas, flores...

—¿Qué significa esto?

—No hace falta que pongas esa cara. Tampoco soy un inútil.

—Pensé que odiabas cocinar y que no te acercabas a la cocina a menos que fuera para sacar una botella de vino de la nevera.

Riccardo sacó una bandeja del horno.

—Puede que esté mejor de sabor que de vista —dijo, suspirando—. Es una lasaña.

—No tiene mala pinta —sonrió Charlie.

—También he hecho una ensalada.

Riccardo no sabía por qué había hecho todo aquello. Quizá porque no dejaba de preguntarse si de verdad Charlie estaría trabajando o saliendo con Ben. Quizá porque sabía que sólo toleraba su presencia en la casa, pero no estaba en absoluto interesada. Y eso le dolía. Le dolía saber que Charlie estaba deseando que se fuera de allí.

—La verdad es que está muy rica —sonrió ella,

probando la lasaña–. Mezclar pasta y champi-
ñones, tomate... y todo por mí. No me lo puedo
creer. Menudo esfuerzo. Debes de estar ago-
tado.

Riccardo hizo una mueca.

–Charlie... ¿quieres que hablemos en serio?

–No sé si deberíamos esperar hasta después
de la cena.

–No somos extraños. Tenemos una hija en
común –le recordó él.

–Sí, eso es verdad. También es verdad que
me quedé horrorizada cuando supe que habías
traído tus cosas aquí, pero debo admitir que la
experiencia ha funcionado mucho mejor de lo
que yo esperaba.

–¿La experiencia?

–Sí, bueno, eso es lo que ha sido, ¿no? Un
experimento.

–¿Un experimento?

–Riccardo, puede que tú creas que tienes
una solución para todo, pero...

–Espera un momento. ¿Por qué no bajas de
tu pedestal y dejas de juzgarme?

–No estaba juzgándote.

–¿No? Entonces, ¿por qué dices que creo tener una solución para todo? ¿No será porque
sigo siendo el canalla que te dejó plantada

hace ocho años? Ha pasado mucho tiempo de eso, Charlie.

–Ha pasado mucho tiempo, sí. Y mucho sufrimiento también –le recordó ella–. ¿Crees que todo me fue tan fácil como lo es ahora? Tenía dieciocho años.

Riccardo dejó escapar un suspiro. Estaba claro que no tenía sentido seguir allí. Charlie tenía razón. Aquello había sido un experimento, nada que ver con la realidad.

–Pero estoy de acuerdo en que te portas muy bien con Gina.

–¿Pensabas que no sería así?

–No lo sé. ¿Cómo iba a saberlo? Pensé que te resultaría más difícil entenderte con ella. Al fin y al cabo, tú no estás acostumbrado a tratar con niños.

–Gina es una niña muy inteligente. Divertida, simpática.

–Sí, desde luego. Y me alegro mucho de que os llevéis bien. Supongo que está en esa edad... siente curiosidad por todo y está dispuesta a darle a todo el mundo el beneficio de la duda. Por eso acepté este acuerdo, Riccardo. Pero tiene que terminar. Y supongo que tú sabes que es así. Cuanto antes, mejor. No será fácil para Gina, pero creo que tu relación con ella es suficientemente estrecha como para que podamos llegar a un acuerdo sobre su custodia.

Él asintió con la cabeza, pensativo. No tenía sentido intentar convencerla de lo contrario, estaba claro.

Después de cenar, fregaron los platos entre los dos.

—Podríamos comprar un lavavajillas. Aunque esto de fregar platos... ¿No es para eso para lo que existen los restaurantes?

—A mí me parece divertido fregar los platos con Gina. Yo friego y ella los aclara –dijo Charlotte–. Y mientras tanto charlamos sobre lo que hemos hecho ese día.

—Ya.

—Supongo que en tu mundo charlar sobre lo que has hecho mientras friegas platos no es algo muy emocionante. Además, ¿con quién vas a hablar tú?

Riccardo apretó los labios.

—¿Qué quieres decir?

—Que no has pasado los últimos ocho años comprometido con otra persona. No tienes mujer, ni familia... sólo un montón de novias. Y todo el mundo sabe que uno no se pone a hablar de esas cosas con una rubia de metro ochenta.

–¿Me estás insultando? Porque si es así, es un poco infantil, ¿no te parece? –suspiró Riccardo–. Lo que deberíamos hacer es discutir civilizadamente el siguiente paso. Voy al salón, donde podremos hablar con más comodidad.

–Riccardo...

–Si no quieres hablar, te advierto que no tendré más remedio que llamar a mi abogado. Quiero derechos de visita y si no puedes controlar el odio que sientes por mí...

–No siento odio por ti, Riccardo. Y tienes razón, no debería hacer comentarios sobre tu vida personal.

–Puedo marcharme mañana, si quieres. Y me gustaría pasar el día con Gina.

–Muy bien –murmuró ella.

Charlotte se preguntó cómo se sentiría cada vez que Riccardo fuese a buscar a su hija. Pensaría en él como un extraño, como un hombre que había desaparecido de su vida sin desaparecer del todo. Se preguntó qué sentiría cuando viera a otra mujer en el coche.

–Pero quiero poner ciertas condiciones...

–¿Por ejemplo?

–Gina no puede acostarse tarde los días de diario porque tiene que hacer los deberes. De modo que cuando vengas a buscarla tendrás que traerla a casa temprano.

–Muy bien. Pero tú debes entender que mi trabajo es muy complejo y no puedo planear estar aquí a una hora fija. A veces te llamaré un par de horas antes para decir que quiero ver a la niña... pero te garantizo que no será más de dos veces por semana. Y quiero verla dos fines de semana al mes.

–Muy bien –murmuró Charlie, intentando contener las lágrimas. La idea de separarse de su hija, aunque sólo fueran dos fines de semana al mes, le rompía el corazón.

–Y luego están las vacaciones...

–No quiero pensar en eso ahora.

–Inténtalo –insistió Riccardo.

–No lo sé...

–Quiero que venga conmigo a Italia. Allí tiene parientes, gente a la que no conoce.

–No había pensado en ello. ¿Cómo van a reaccionar?

–Con alegría –contestó él–. Mi madre lleva años esperando que le diese un nieto, así que estará encantada. Claro que ella habría preferido tenerlo después de que estuviera casado, pero así es la vida.

–Casado con una chica de tu círculo social, claro.

–No, mi madre abandonó esa ambición hace tiempo.

De hecho, se había resignado a no conocer a las novias de su hijo porque no eran el tipo de chica que uno presenta a su madre. Como Charlie había dado a entender con toda exactitud.

–¿Y el resto del mundo?

–¿Cómo?

–Tus amigos, tus colegas, tus socios.

–¿Qué pasa con ellos?

–¿Cómo van a reaccionar cuando sepan que tienes una hija de ocho años? No todos los días un hombre tan rico como tú se ve envuelto en un pequeño escándalo...

–¿Un escándalo? ¿Quién ha dicho nada de escándalos? Sí, supongo que habrá rumores y cotilleos, pero nada más. Me importa un bledo lo que la gente opine sobre mi vida personal.

Charlie habría deseado sentir lo mismo. Quizá así habría podido lidiar con la presencia de Riccardo un poco mejor. Pero ella acababa de superar la curiosidad de sus amigos, de sus compañeros de trabajo, que nunca habían hecho preguntas directas, pero que murmuraban por detrás.

–También me gustaría que fueras muy discreto con tu vida privada –dijo entonces–. Quiero decir... me da igual con quién te acuestes, pero no quiero que le presentes a Gina a una procesión de mujeres.

–¿Y si sólo fuera una mujer?

–Bueno, entonces sería diferente.

¿Había una sola mujer en su vida?

–¿Y debo traerla aquí para que tú des el visto bueno? –preguntó Riccardo, irónico.

–No hace falta que te pongas sarcástico.

Parecía tan joven, pensó él. Tan joven y tan vulnerable.

–No, no hace falta. Tienes mi palabra. La única mujer que presentaré a Gina será la mujer con la que esté dispuesto a casarme.

Charlotte apretó los labios y asintió con la cabeza.

–Pero yo sé que hay otro hombre en tu vida. ¿Gina se lleva bien con él?

–Todo el mundo se lleva bien con Ben –suspiró ella.

Riccardo miró su reloj.

–Muy bien. Sugiero que hablemos con la niña en cuanto llegue para explicarle la situación.

–Sí, claro.

A Charlotte no le había pasado desapercibida esa mirada al reloj. Para él, la conversación había terminado. Mostrarían un frente unido con la niña, pero ya estaba harto de jugar a las casitas. Seguramente se habría cansado antes de aquella noche.

Ella no se había dado cuenta, pero el amor era así; hacía que una lo viera todo borroso.

Charlie había pensado que tendría que consolar a su hija, decirle que su padre iría a verla aunque no vivieran en la misma casa, pero fue Riccardo quien habló con la niña. Había una parte de él, una parte tierna que Charlie desconocía. Era evidente que estaba comprometido con su hija y lo creyó cuando dijo que iría a verla al menos dos veces por semana.

Era tan difícil creer que aquel hombre era el mismo con el que ella apenas podía entenderse.

Más tarde, con Gina ya en la cama, volvió la fría hostilidad entre los dos. Riccardo le dijo que llamaría a su abogado para que redactase las condiciones de la custodia y para aclarar sus obligaciones económicas.

—Y te lo advierto, tendrás que soportar alguna inconveniencia a partir de ahora. He querido mantener esto en secreto, pero ya no será así.

–¿Qué quieres decir?

–Periodistas, Charlie. Por Gina intentaré mantenerlos alejados, pero soy una persona muy conocida en el mundo de los negocios. Y esta situación tan inusual seguramente despertará el interés de la prensa, así que... nada de hombres en la puerta de tu casa. Hay una fina línea entre los cotilleos y el escándalo.

–Pensé que te daba igual lo que otras personas pensaran de ti –replicó ella.

–Y me da igual. Pero podría ser muy confuso para Gina. Y ella es la persona importante en esta ecuación, ¿no?

Capítulo 9

CHARLIE sólo había tenido que lidiar con la prensa un año antes, cuando fue la protagonista de un artículo en un periódico local sobre la expansión de las agencias inmobiliarias en la zona de Midlands. El periodista que la entrevistó prácticamente llevaba ya la entrevista hecha y, además, parecía recién salido de la universidad.

Pero reporteros, fotógrafos, gente escribiendo cosas que no eran ciertas... ella no estaba acostumbrada a todo eso. Claro que un «millonario con pasado» era un tema que parecía interesar a todo el mundo últimamente.

Charlotte no tenía nada que decir cada vez que sonaba el teléfono y mucho menos cuando alguno de ellos invadía su espacio personal. Pero hablaban de ella como si fuera una sirena que había intentado cazar a Riccardo di Napoli a toda costa. Cómo habían llegado a esa conclusión, no tenía ni idea, considerando que no le había pedido un céntimo desde que nació Gina.

Esa mañana, con la niña vestida para ir al colegio, Charlotte miraba por la ventana para comprobar si había fotógrafos en la puerta. No quería que molestasen a su hija, pero allí estaban de nuevo.

—Mamá, tengo que irme al colegio.

—Sí, cariño... espera un momento.

—Es que llego tarde.

—Sí, tienes razón. Bueno, venga, vamos.

—Diles que se vayan, mamá.

—Ojalá me hicieran caso. Pero se lo digo y siguen ahí, esperando.

—¡Pues dile a papá que lo haga! Papá haría que se fueran.

Charlie tragó saliva. «Papá haría que se fueran». De repente, Riccardo se había convertido en su héroe. Y no sería ella quien la sacara de su error.

Nerviosa, tomó a la niña de la mano y salió de casa, corriendo para llegar al coche y cerrar la puerta antes de que los fotógrafos se lo impidieran.

Mientras iban al colegio, hablaba con Gina como si no pasara nada, como si su vida siguiera siendo la misma de siempre. Pero no dejaba de pensar en lo que había gritado uno de los repugnantes fotógrafos sobre la posibilidad de una batalla por la custodia de la niña.

¿Podría pasar eso? ¿Presentaría batalla Riccardo? ¿Querría quitarle a la niña?

Cuando dejó a Gina en el colegio, asustada, volvió a casa y llamó a la oficina para decir que no se encontraba bien.

La menor mención a Riccardo di Napoli la haría saltar y no estaba dispuesta a eso. Ella seguía siendo la misma persona de siempre, la misma mujer trabajadora que tenía que mantener a una niña de ocho años. ¿Cómo podía estar involucrada en un escándalo si nada en su vida había cambiado?

Agitada, llamó a Riccardo.

—Tengo que verte ahora mismo.

—Ahora mismo. Qué interesante —dijo él, girando la silla para mirar por la ventana. Su apartamento le parecía demasiado grande y demasiado vacío. Después de pasar toda su vida sin el menor deseo de tener una familia, de repente se sentía solo. Más solo que nunca.

Y echaba de menos no sólo a Gina, sino a Charlie.

Como él no era de los que se sentaban a

darle vueltas a las cosas, Riccardo había decidido que no iba a aceptar los términos que ella
había puesto. No aceptaría los derechos de visita. Vivir la vida a medias no era mejor que no
vivir en absoluto. La exigencia de Charlie de
que aceptase una custodia compartida, con
todo lo que eso significaba, era un reto y Riccardo había decidido enfrentarse a ese reto con
la misma precisión brutal con la que lo hacía
todo en los negocios.

–Esto es culpa tuya, Riccardo. Estoy harta
de tener fotógrafos en la puerta de mi casa...

–Yo no tengo la culpa de nada.

–¿Ah, no? Mira, no pienso tener esta discu-
sión por teléfono. Voy a tu oficina ahora mismo.
¿Vas a recibirme o no? Porque quiero hablar
contigo y si no me recibes acamparé delante
de tu despacho.

Ah, eso sí causaría un buen escándalo, pensó
Riccardo. La madre de su hija acampada en la
oficina.

–Te veo en la sala de juntas en media hora
–dijo él–. Diré en recepción que te acompa-
ñen.

–Muy bien.

Exactamente media hora después, Charlie
estaba frente a la puerta de la sala de juntas,

una habitación enorme con las paredes forradas de madera. Pero había una enorme mesa entre Riccardo y ella. Riccardo, que llevaba un traje de chaqueta y una corbata de seda azul.

–¿Cómo has podido hacerme esto? –exclamó, tirándole un periódico a la cara.

Riccardo leyó, distraído:

Magnate italiano envuelto en una pelea por la custodia de su hija.

–No deberías leer estos cotilleos, Charlie. Yo no lo hago.

–Yo tengo que ir a trabajar todos los días, Riccardo. Tengo que llevar a la niña al colegio. Y Gina está asustada.

–¿Está asustada? –repitió él, irguiéndose en la silla.

–Pues claro, ¿qué esperabas? Los fotógrafos gritan cuando salimos de casa... no sé si la niña lo entiende, pero es muy lista y no creo que tarde mucho en entender lo que significa «pelea por la custodia de su hija».

–Pero anoche hablé con ella por teléfono y parecía estar perfectamente.

–Porque lo esconde bien. No quiere llorar ni darte un disgusto. Los niños son así. Te has convertido en una especie de héroe para ella –suspiró Charlotte–. ¿Por qué le has contado a la prensa que me pediste que me casara contigo, Riccardo? Ahora todos piensan que estoy buscando algo...

Él se pasó una mano por el pelo.

–Te advertí que habría prensa interesada en el tema. Y la mejor manera de lidiar con ellos es decirles la verdad. Si no les dices nada creen que están escondiendo algo.

–¡Pero yo no escondo nada!

–¿Has desayunado?

–¿Qué?

–Que si has comido algo.

–¿Cómo voy a comer nada? Tengo el estómago encogido.

–Pediré que nos suban algo entonces. ¿Huevos revueltos te parece bien?

Charlie lo miró, incrédula.

–No tengo hambre. He perdido el apetito por completo.

Pues para no tener apetito seguía siendo muy sexy, pensó él. De hecho, cada día le parecía más guapa.

–La vida es muy aburrida y cualquier cotilleo les parece interesante.

–¿Y qué vamos a hacer para que esto termine?

–No lo sé. Es mi reputación la que está en juego.

–¿Tu reputación? Tú no tienes una reputación... a menos que te refieras a la reputación de hombre de negocios despiadado que nunca ha querido a nadie.

–Si has venido aquí para insultarme...

–No, no he venido para eso. He venido para encontrar una solución al problema –suspiró Charlotte–. ¿Cuánto va a durar esto?

«La semana que viene se habrán olvidado del asunto».

–¿Quién sabe cuánto dura el apetito de los murmuradores? ¿Y quién sabe qué más querrán desenterrar?

–¿Qué quieres decir?

–Mira... es terrible cuando la prensa empieza a hablar de la vida personal de alguien. A mí no me importa, pero me preocupa Gina. Y podría protegerla mejor si estuviera conmigo.

–¡No!

–¿Por qué no? Escúchame, Charlie. Los fotógrafos que te molestan no se atreverían a hacerme eso a mí. Tengo gente que me protege de esos tipos, pero tú...

–¿Tienes guardaespaldas? ¿En qué mundo vives?

–En la clase de mundo en el que un hombre rico es el objetivo de muchos canallas –contestó él–. Pero si Gina estuviera conmigo, no tendría que pasar por nada de eso.

Charlotte lo miró, suspicaz. ¿Lo habría hecho a propósito? ¿Todo aquello sería cosa suya para robarle a la niña?

–No, de eso nada. No voy a dejar que Gina viva contigo.

–¿Por qué no? Los dos queremos lo mejor para ella, ¿no es verdad?

–Sí, pero estoy segura de que todo esto terminará tarde o temprano...

–Pensé que estabas muy preocupada por Gina.

–Y lo estoy.

–Por eso has venido aquí, para echarme la culpa de todo, ¿no?

–Nada de esto habría pasado si tú no fueras un hombre de negocios importante.

–Pues cásate conmigo –dijo Riccardo, tan tranquilo–. Como pareja ya no seríamos historia para los periódicos. Viviríamos una vida normal, Charlie. Tú podrías ir a trabajar sin ningún problema, la niña seguiría yendo al colegio y nadie os molestaría. Yo creo que sería lo mejor para todos.

Charlotte tragó saliva. Había vivido con él y no le había disgustado la experiencia. Al contrario, había sido muy agradable, debía reconocer. Y en la vida la gente hacía sacrificios. Ella sacrificaría el sueño de un amor perfecto y viviría una vida en la que amaba sin ser amada. Pero sería respetada como la madre de su hija. ¿Podría soportarlo?

Nadie volvería a molestarla. Las miradas de curiosidad en el trabajo terminarían, como el miedo de ser reconocida por extraños que habían visto su foto en el periódico.

–Míralo desde mi punto de vista –insistió Riccardo–. Yo quiero darle a Gina todo lo que pueda, todo lo que el dinero pueda comprar, y no me refiero a caprichos sino a los mejores colegios, los mejores tutores... la mejor universidad.

–¿Eso es una amenaza, Riccardo? ¿Estás diciendo que vas a tentarla con tu dinero para que ya no quiera vivir conmigo? Porque eso sería una canallada.

–No, no he dicho eso –suspiró él–. Nunca te haría tal cosa. Lo que quiero es que viva como debe vivir mi hija. Yo puedo darle lo mejor, pero tú no. Y no quiero que la niña vea esa diferencia. No quiero hacerte daño, Charlie.

Charlotte lo miró, pensativa.

—¿Puedo pensármelo unos días?

Riccardo supo entonces que había ganado la batalla.

—No podremos seguir viviendo en esa casa tan pequeña.

—Pero hasta ahora...

—Tú puedes encontrar la casa perfecta. De hecho, la casa de tus sueños.

—Aún no he dicho que sí.

—No lo has dicho, pero los dos sabemos que es así. Sólo queda discutir los detalles.

Charlotte asintió con la cabeza.

—Tendremos que decírselo a Gina.

—Esta noche —asintió Riccardo—. Podríamos elegir la casa entre los tres.

—No sé qué clase de casa te gustaría...

—Tú me conoces bien. Sabes las cosas que me gustan —sonrió él.

—No, no te conozco.

—Claro que sí. Me conoces mejor que ninguna otra mujer —al propio Riccardo le sorprendió tal admisión—. Y supongo que tendrás alguna idea de cómo quieres que sea la boda.

—¡Pero si no he tenido tiempo para pensar nada!

—Todas las mujeres tienen alguna idea de cómo quieren que sea el día de su boda, así que puedes organizar lo que te parezca. Grande, pequeña, sencilla, elegante, gigantesca...

—Me da igual.

Riccardo observaba su expresión alicaída sintiéndose como el verdugo a punto de hacer caer la guillotina. ¿Era eso lo que Charlie veía en él?, se preguntó. ¿Había acudido a él derrotada sólo porque la había puesto en aquella posición? ¿Sería un canalla como pensaba ella?

—Tú decides, pero no quiero esperar. Podemos casarnos por lo civil cuando tú digas.

Charlotte se encogió de hombros. A Gina le haría mucha ilusión, pero...

—¿Y qué vamos a hacer con...?

—¿Con qué?

—¿Cómo vamos a dormir?

—Estaremos casados, Charlie. Y no tengo intención de que nuestro matrimonio sea sólo de nombre.

—¿Cómo?

—No tienes por qué mostrarte tan ofendida. Será un matrimonio de conveniencia, pero los dos sabemos que nos sentimos atraídos el uno por el otro. Es absurdo negarlo.

Riccardo se levantó entonces y se acercó a ella.

–Charlie, mírame.

Ella levantó la mirada. No tenía sentido luchar contra aquello. Estaba enamorada de él. Nunca había dejado de estarlo.

–Mírame, Charlie... –insistió Riccardo, levantado su barbilla con un dedo.

Luego tomó su cara entre las manos y la besó, quitándole la chaqueta al mismo tiempo. Y ella lo ayudó a desabrochar su blusa para que pudiera acariciar sus pechos por encima del encaje del sujetador.

Riccardo sabía que aquel sitio era inapropiado, pero parecía ser su destino y el de Charlie hacerlo siempre en sitios o en momentos inapropiados.

No podía evitarlo. La deseaba más de lo que había deseado nunca a una mujer. Además, Charlie se había rendido. No sabía por qué... quizá la atracción que sentía por él era tan fuerte como la que él sentía por ella. Y verla así, con los pechos empujando el sujetador como suplicando que los acariciase, que los chupase...

Riccardo se apretó contra ella para hacerle

saber lo excitado que estaba y casi se avergonzó a sí mismo eyaculando mientras Charlie lo acariciaba por encima del pantalón.

Su secretaria sabía que no debía entrar en la sala de juntas sin avisar. No serían interrumpidos y debía tenerla, necesitaba saborearla, acariciarla por todas partes, desde los pezones hasta la dulce humedad entre sus piernas.

Necesitaba hacerla suya de nuevo.

Estaba ardiendo, de modo que el sentido común tendría que esperar.

Capítulo 10

QUE BEN fuese a buscarla a la oficina tres días después fue toda una sorpresa. Durante aquellos días, Charlotte estaba absolutamente confusa... mientras Gina y Riccardo se mostraban felices ella estaba sola en su confusión.

Riccardo y ella habían hablado juntos con la niña, pero Gina había aceptado la noticia con una sorprendente falta de curiosidad. Típico de una cría de ocho años, claro. Era muy precoz, pero cuando se trataba de la boda de su padre y su madre decidió no hacer preguntas.

–¡Genial! –fue lo único que dijo–. ¿Mis amigas pueden venir para conocer a papá?

La prensa, alertada de la noticia, había dejado de perseguirlas y ahora se dedicaba a especular sobre cómo sería la boda, quién diseñaría el vestido, dónde iban a vivir...

Riccardo parecía satisfecho porque había

conseguido lo que quería desde el momento que descubrió que tenía una hija. Incluso la había conseguido a ella. Y Charlotte no sabía qué pensar.

¿Estaría cometiendo un terrible error? ¿Iba Riccardo a destrozar su vida como la había destrozado ocho años antes? Charlotte se había resignado a vivir una vida sin amor para asegurar la felicidad de su hija. Creía que eso sería suficiente. Tendría que serlo.

Y, por todo eso, cuando Ben fue a buscarla se alegró muchísimo de verlo. Tenía tantas dudas, tal angustia...

–Para ser alguien que está viviendo un cuento de hadas no pareces muy feliz. ¿Qué pasa, Charlotte?

–¿Qué pasa? –repitió ella–. ¿Cuánto tiempo tienes?

–Venga, vamos. Te invito a comer.

–No puedo. Tengo que trabajar...

–Pero también tienes que comer, ¿no? Venga, vamos a un restaurante que está aquí cerca. Así podrás contármelo todo.

Ben la llevó a un restaurante donde el maître los colocó en una mesa discreta y allí le contó todo lo que había pasado. Se desahogó como lo haría con un buen amigo, lo que Ben había sido siempre. Y no dijo nada cuando Charlotte le confesó que habría deseado amarlo a él como amaba a Riccardo di Napoli.

Cuando lo abrazó para despedirse, en la puerta del restaurante, Ben le dio un fraternal beso en la frente.

Al otro lado de la calle, Riccardo se detuvo, atónito. No había esperado aquello. La chica de la oficina le había dicho dónde estaba Charlie, pero no había esperado encontrarla con Ben.

Se quedó mirándolos mientras se abrazaban. Ella estaba sonriendo y desde allí parecía feliz.

Riccardo tuvo que apretar los dientes, sintiendo como si una garra apretase su corazón. Luego se dio la vuelta y empezó a caminar. Pero no fue a su oficina. Intentar trabajar en aquel momento sería imposible.

Por primera vez desde que llegó a Londres tomó un taxi y fue a Regent's Park, que estaba casi desierto a aquella hora. ¿Por qué le dolía tanto ver a Charlie con otro hombre? ¿Por qué era como si le estuviera rompiendo el corazón?

La idea de vivir con ella y no tener su amor,

que Charlie pensara en otro hombre mientras estaba con él era... insoportable. Y ahora sabía por qué.

Nervioso, sacó el móvil del bolsillo y marcó un número.

–Tengo que verte –le dijo sin más preámbulos–. Ahora mismo.

–Tengo mucho trabajo, Riccardo. ¿No puedes esperar unas horas?

–No, no puedo esperar –contestó él–. ¿Quieres que nos veamos en tu oficina?

–No –respondió Charlotte–. ¿Dónde estás?

–En Regent's Park.

–¿En Regent's Park? –repitió ella, incrédula.

–Sí, aquí estoy. Puedes venir, pero hace un día horrible. Y está tan solitario...

–Muy bien, entonces nos veremos en mi casa. ¿Va todo bien?

–No. Pero te lo explicaré cuando te vea.

Charlotte colgó sorprendida. Riccardo parecía triste, abrumado por algo. ¿Habría cambiado de opinión?, se preguntó. Pero no, eso no podía ser. ¿Cómo iba a decirle a Gina ahora que su padre no quería casarse con ella, que no iban a ser una familia?

Media hora después se encontraron en la puerta de casa.

–Hola.

–Hola –murmuró Riccardo, sin mirarla.

Charlotte entró y se quitó los zapatos mientras entraba en el salón. No sabía cómo preguntarle, temía hacerlo.

–¿Qué ha pasado? –dijo por fin–. ¿Por qué has ido a Regent's Park?

–Siéntate –dijo Riccardo.

Ella obedeció, nerviosa.

–Hoy fui a tu oficina y la chica me dijo que habías salido a comer.

–Sí, así es.

–¿Cuánto tiempo llevas viéndote con él a mis espaldas?

–¿Qué?

–¿Desde cuándo ves a Ben a mis espaldas? –insistió Riccardo.

–No estoy viendo a Ben a tus espaldas. Fue a buscarme a la oficina y salimos a comer juntos...

–Charlie, no, no digas nada. No tengo ningún derecho a hacerte esas preguntas.

Ella lo miró, incrédula.

–¿Qué?

–Te dejé hace ocho años. Te dejé de la peor manera posible, Charlie. No tengo ningún derecho sobre ti. Aunque tengamos una hija juntos. Pero necesito pedirte que no veas a Ben, que no pienses en él siquiera.

—Riccardo...

—Tengo un problema con él. Tengo un problema con tu amistad con él.

—¿Quieres decir que estás celoso? —preguntó Charlotte.

—¿Y eso te parece raro? Claro que estoy celoso. No puedo soportar verte en compañía de otro hombre.

—Pero Ben es un amigo.

—No es sólo eso. Has decidido casarte conmigo porque... prácticamente te he obligado a hacerlo. Pero sientes un gran cariño por Ben...

—Sólo es un amigo, Riccardo.

—Charlie, este acuerdo nuestro... este matrimonio de conveniencia no es suficiente para ninguno de los dos. Pensé que lo sería, que así me saldría con la mía, que era en interés de Gina, pero estaba equivocado.

—¿Has cambiado de opinión?

Riccardo asintió con la cabeza.

—Una vez fuimos felices, Charlie. Sé lo que piensas de mí, pero podríamos volver a ser felices. Estoy seguro.

—¿De verdad?

—No me refiero sólo al tiempo que pasamos

juntos en Italia. Yo... fui muy feliz cuando vivíamos juntos aquí. Y creo que podríamos volver a serlo. Si no te lo demostré, fue enteramente culpa mía. No digas nada, sólo quiero que lo pienses. Y si sigues diciendo que no, entonces será que no.

Charlotte no entendía nada. No reconocía a aquel nuevo Riccardo.

—Hace ocho años, cuando te dejé, los dos éramos muy jóvenes y yo tenía demasiada vida por delante como para sentar la cabeza. O eso pensaba.

—Lo sé –murmuró ella.

Riccardo tomo su cara entre las manos.

—Lo que intento decir es que lo mejor que me ha pasado en la vida fue volver a encontrarme contigo, Charlie. Y saber que tenía una hija. Es lo más bonito del mundo. No me he dado cuenta de lo que significaba hasta... hace un momento. Solo, en el parque, después de verte con Ben.

—Riccardo...

—No había querido entenderlo. Yo siempre con mi orgullo, con mi forma de hacer las cosas, pero... es como si esos ochos años no hubieran pasado nunca.

—¿Que quieres decir?

–Durante ocho años he hecho lo que estaba programado para hacer. Disfrutaba, desde luego, pero jamás he querido a nadie. Nunca he amado de verdad a otra persona, nunca he encontrado sentido a mi vida –le confesó Riccardo–. Y entonces apareciste tú, Charlie. Y fue como si hasta entonces hubiera vivido la vida a medias. No quiero casarme contigo sólo por Gina. Quiero casarme contigo por mí, porque ya no puedo volver a esa media vida. Y antes de que digas nada, sé que puedo hacerte feliz. Tú crees que necesitas la seguridad de ese hombre, pero no es verdad. Yo también puedo ser tu amigo.

–Riccardo... –repitió Charlotte, atónita.

–Sólo te pido una oportunidad. Te quiero, cariño. Te quiero, Charlie.

–¿Te importaría decir eso otra vez? –murmuró ella cuando pudo encontrar su voz.

–Vamos, Charlie –Riccardo, viendo la transformación en su rostro, se sintió más feliz que nunca–. Yo te he desnudado mi alma. Ahora es tu turno.

Gina no pensaba dejar que tomasen una sola decisión sin contar con ella. Sobre la boda, sobre la nueva casa en Richmond...

Y el temido encuentro con la madre de Riccardo no había resultado ser temible en absoluto. Al menos, para la niña.

–Me va a odiar –suspiraba Charlie, asustada–. Odiará mi casa, a mí, a mi hija, todo.

No fue así. Elena di Napoli le pidió perdón por lo que había pasado ocho años antes y se mostró absolutamente feliz con su nieta.

La niña era capaz de romper el hielo en cualquier parte. Y Charlie jamás había sido tan feliz.

Riccardo y ella se habían casado unos días después. Fue una ceremonia muy sencilla, seguida de un banquete mucho más espectacular. Pasaron su luna de miel en Italia... una luna de miel durante la cual apenas habían visto a su hija, prácticamente secuestrada por la señora di Napoli, que no quería apartarse de la niña.

Riccardo, que apenas entendía cómo había podido vivir sin Charlie todos esos años, volvía a su enorme casa de Richmond cada noche para encontrarse con las dos mujeres de su vida.

Y cuando en el primer aniversario fue informado de que iba a tener otro hijo, sintió que se le hinchaba el corazón de orgullo por la mujer que estaba sentada frente a él en el restaurante, tomando un sorbo de agua mineral.

—¿Vas a dejar de trabajar?

Charlie asintió con la cabeza.

—Sí, ahora sí. Gina está encantada en su nuevo colegio, las cosas van bien... creo que es buena idea que me dedique al niño por completo. Durante un tiempo, luego ya veremos.

—Me alegro, cariño.

Charlie tenía los ojos llenos de lágrimas.

—Además, ya es hora de que me mantengas.

Y luego sonrió, porque eso era lo que Riccardo había querido hacer desde que ella lo miró a los ojos y le dijo: «Sí, quiero».

Bianca™

**Conocía bien a los hombres como él...
ricos, despiadados y acostumbrados
a que las mujeres cayeran a sus pies**

Cuando Jed Hunter se hizo con la empresa para la que trabajaba y le ofreció el puesto de ayudante, Cryssie tuvo que aceptarlo. Tenía una hermana enferma y un sobrino a los que mantener.

Pero resultó que trabajar con Jed era algo increíble, especialmente cuando empezó a adivinar lo que se escondía bajo su dura fachada. Fue entonces cuando Jed le soltó la bomba: tenía que casarse con él por cuestiones prácticas. Cryssie no sabía si debía alejarse de Hunter a pesar de que se había enamorado de él... o casarse con él aun sabiendo que quizá él nunca sintiera nada por ella...

Hielo en su corazón

Susanne James

Acepte 2 de nuestras mejores novelas de amor GRATIS

¡Y reciba un regalo sorpresa!

Oferta especial de tiempo limitado

Rellene el cupón y envíelo a
Harlequin Reader Service®
3010 Walden Ave.
P.O. Box 1867
Buffalo, N.Y. 14240-1867

¡Sí! Por favor, envíenme 2 novelas de amor de Harlequin (1 Bianca® y 1 Deseo®) gratis, más el regalo sorpresa. Luego remítanme 4 novelas nuevas todos los meses, las cuales recibiré mucho antes de que aparezcan en librerías, y factúrenme al bajo precio de $3,24 cada una, más $0,25 por envío e impuesto de ventas, si corresponde*. Este es el precio total, y es un ahorro de casi el 20% sobre el precio de portada. !Una oferta excelente! Entiendo que el hecho de aceptar estos libros y el regalo no me obliga en forma alguna a la compra de libros adicionales. Y también que puedo devolver cualquier envío y cancelar en cualquier momento. Aún si decido no comprar ningún otro libro de Harlequin, los 2 libros gratis y el regalo sorpresa son míos para siempre.

416 LBN DU7N

Nombre y apellido	(Por favor, letra de molde)	
Dirección	Apartamento No.	
Ciudad	Estado	Zona postal

Esta oferta se limita a un pedido por hogar y no está disponible para los subscriptores actuales de Deseo® y Bianca®.
*Los términos y precios quedan sujetos a cambios sin aviso previo.
Impuestos de ventas aplican en N.Y.

SPN-03   ©2003 Harlequin Enterprises Limited

La novia del lord

Fiona Harper

Aquella mujer era una novia poco convencional...

Will Radcliff era el perfecto lord inglés: atractivo, honrado y convencional. Ahora acababa de heredar la mansión Elmhurst Hall...

Por rebeldía contra su rígida educación, Josie nunca había seguido las normas. Trabajaba como camarera en la enorme casa solariega y ese trabajo era para ella como una ráfaga de aire fresco. Sin embargo, su nuevo jefe, lord Will, opinaba que no era más que un cúmulo de problemas.

Pero una noche se besaron a la luz de la luna y de pronto ambos sintieron que no eran tan diferentes como creían...

Deseo™

Espiral de deseo

Jennifer Lewis

Declan Gates, el muchacho sin futuro de otra época, era ahora un próspero millonario, y Lily Wharton lo necesitaba para que la ayudara a recuperar la casa de sus ancestros. Pero Declan no tenía ninguna intención de sucumbir a las súplicas de Lily; se quedaría con la casa, se haría con su negocio y después se la llevaría a la cama... algo con lo que llevaba muchos años soñando.

¿Sería posible que el simple roce de los cálidos labios de Lily le hiciera olvidar sus despiadados planes?

Espiral de deseo
Jennifer Lewis

Sólo podía pensar en vengarse de ella... pero quizá su belleza consiguiera aplacar su ira...